KB176971

일란성

일란성

마주오

orror

Identical

밤의 선물

"뱀을 좋아하신다고요?"

"네. 왜요? 이상해요?"

당연히 이상했다. 아니 이상하지 않았다. 흔히 사람의 얼굴을 고양잇과와 강아지과로 나눈다지만 그런 식으로 나누면 여자의 얼굴은 뱀과였다. 뱀. 여자는 자신의 이름을 미아라고 했다. 라미아. 그리스 신화에 나오는 뱀인간의 이름이다. 본명인지는 중요하지 않았다. 미아의 얼굴은 소름 끼칠 정도로 아름다웠다. 하지만 눈을 뗄 수 없는 무언가가 있었다. 나와는 어울리지 않았다. 그런 여자를 만날 수 있으리라고는 태어나서 한 번도 생각해본 적이 없다. 하지만 여기 이렇게 내 앞에 앉아 있다. 소개팅 상대로.

예쁜 여자를 직접 보는 게 처음은 아니다. 같이 앉아 눈을 마주치며 이야기를 나눌 기회도 있었다. 하지만 그들의 눈은 언제나 내게 무심하거나 혹은 내가 조금이라도 다가갈 기세를 보이면 예외 없이 흔들렸다. 그걸 알아챌 정도의 눈치는 있었다. 그럼 나는 얼른 적당한 선을 지키며 사무적으로 몇 마디 대화를 나눈 뒤에 인연을 마무리했다.

미아는 달랐다. 미아의 눈은 전혀 흔들리지 않았다. 나와 눈을 마주치기 전부터 꼼짝 안 하고 얼어붙어 있던 눈동자는 오히려 내게 관심을 보이는 듯 살짝 세로로 길어졌다. 먼저 앉아 있던 내가 미처 일어설 새도 없이 스르륵 미끄러져 들어와 의자에 올라앉았더니, 마침 지나가던 웨이터를 불러 음식을 주문했다. 메뉴판은 열어보지도 않았다.

"어머, 아직 주문 안 했어요? 저랑 같은 걸로 드세요. 여기요! 아까 그 메뉴 2인분으로 주세요!"

요리의 이름은 기억이 나지 않는다. 피가 배어 나오는 고깃덩어리에 검은 소스가 점점이 흩뿌려진 무언가였다. 끔찍하게 맛있었던 기억만 난다. 나는 거의 씹지도 않고 그 덩어리를 삼켰다. 미아는 그런 나를 흡족하게 바라보았다. 그렇다. 나를 흡족해했다. 우리는 정신없이 이런저런 이야기를 떠들었고 쉴 새 없이 서로에게 날카로운 감탄사를 내뱉었다. 미아는 정말 완벽했다.

무엇보다 미아는 똑똑했다. 세상의 모든 지식이 작은 머릿속에 들어 있었다. 어떤 주제를 꺼내도 거침없이 대화가 이어졌다. 인류의 역사에서부터 아이돌 그룹 멤버의 뒷소문까지. 이야기는 모자이크처럼 이어졌고 스테인드글라스처럼 반짝였다. 그리고 미아는 뱀을 좋아한다고 했다.

물론 뱀을 좋아하는 사람도 있다. 애완용으로 키우기도 하니까. 하지만 미아가 뱀을 좋아하는 건 이상했다. 뱀을 좋아하는 게 이상한 게 아니라 이상하게 뱀을 좋아했다.

"뱀은 죽지 않잖아요. 그래서 좋아해요."

"뱀이 왜 안 죽어요. 걔도 생물인데. 살아 있는 건 다 죽잖아요."

"어떻게 그렇게 확신해요? 뱀이 죽는 거 봤어요?"

다시 말하지만 미아는 똑똑했다. 어이없는 미신을 믿을 정도로 허술한 사람이 아니었다. 처음엔 나를 놀리는 줄 알았는데 미아는 진지했다. 눈도 깜박이지 않고 나를 똑바로 쳐다보며 당연하다는 듯이 말하는 모습에 잠시 내가 뭔가 착각하진 않았는지 되짚어 보아야 했다. 하지만 미아는 분명히 그렇게 말했다. 뱀은 죽지 않는다고.

"아니. 죽는 걸 직접 본 적은 없죠. 그래도…."

그때 나는 어렸을 적 시골 외갓집에서 길쭉한 원통형의 유리병에 담긴 뱀술을 보았던 기억이 났다. 그리고 그 속에 담긴 누런 액체 속에서 딱딱한 박제처럼 굳어 있던 뱀도.

"뱀술 속에 담겨 있던 뱀을 본 적은 있죠. 그럼 그 뱀이 살아 있었겠어요?"

순간 미아의 눈이 날카로워지면서 번쩍하고 빛을 쏘았다. 갸름하고 날렵한 턱선이 약간 내려앉은 느낌도 들었다. 하지만 그 얼굴은 내 뇌리에 딱 한 컷의 희미한 기억만을 남기고는 다시 소름 끼치도록 아름다운 모습으로 되돌아갔다. 날카롭게 쏘아진 눈빛은 나를 밀어내는 대신 휘감아 끌어당겼다. 나는 휘청하고 앞으로 쓰러질 뻔했다.

"그 뱀 꺼내봤어요? 살았는지 죽었는지 꺼내서 확인해봤냐고요?"

이쯤에서 억지를 받아줘야겠다. 그래. 미아는 뱀이

죽지 않아서 좋아하는 게 아니라, 좋아해서 죽지 않는 다고 믿는 거다. 그렇게 생각하면 이해 못 할 것도 없다. 마음을 편하게 해준다는 이유로 말도 안 되는 허상을 믿는 사람이 얼마나 많은가. 뱀이 죽지 않는다고 믿는 정도야 해가 될 것도 없다.

"알았어요. 그러고 보니 뱀이 죽는다고 확신할 순 없겠네요. 제가 직접 본 것도 아니고."

그 대답은 미아를 만족시키지 못했다. 거짓말은 통하지 않았다. 미아의 눈빛은 내게 진심으로 자신을 믿으라고 강요하고 있었다. 그래, 난 미아의 모든 걸 믿을 수 있었다. 아니, 믿고 싶었다. 하지만 어떻게 뱀이 죽지 않는다는 걸 진심으로 믿고, 고해할 수 있단 말인가. 망설이는 나의 눈동자를 보더니 미아는 벌떡 일어나 몸을 빳빳이 세우고는 길쭉한 팔을 쭉 뻗어 내 손목을 휘감았다.

"가요. 내가 보여줄 테니."

미아의 손은 미끈하고 차가웠다. 가느다랗고 새하얀 손가락이 내 손목을 조이며 도드라진 혈관을 압박했다. 나는 쿵쾅대는 맥박을 고스란히 들켰다. 전율이 팔꿈치를 타고 떨리는 어깨를 넘어 심장을 찔러댔다. 희뿌연 피부는 아이스크림처럼 촉촉했다. 나는 홀린

듯 그 손에 끌려 따라나섰다. 미아는 미치도록 아름다
웠으니까.

미아는 안전벨트로 나를 조수석에 단단히 묶었다.
위협하듯 몇 번 묵직한 엔진음을 울리던 자동차는 불
빛이 가득한 밤거리로 총알처럼 튀어 나갔다. 길게 뻗
은 검은 아스팔트 위로 S자를 그리며 수많은 차들 사
이를 미끄러져 나갔다. 나는 제대로 숨도 쉬지 못하고
유성처럼 내 옆을 스치는 불빛을 멍하니 바라보았다.

얼마나 달렸을까. 미아는 탑처럼 솟은 아파트 단지
로 차를 들이몰았다. 차단기가 열리기가 무섭게 거침
없이 뛰어든 차는 지하로 뻗은 검은 목구멍 같은 주차
장 입구에 삼켜졌다. 찢어질 듯한 브레이크 소리와 함
께 앞바퀴 두 개가 카스토퍼를 움켜 물었다. 긴장이
풀리자 당장에라도 부서질 것 같은 몸을 겨우 지탱하
던 아드레날린이 세포 속으로 퍼져 들어갔다. 전율이
밀려와 온몸이 떨렸다. 축축한 땀이 손바닥에 흥건하
게 고였다. 미아는 한 방울의 땀도 흘리지 않았다.

미아는 나를 잡아끌고 엘리베이터로 들어갔다. 엘
리베이터가 위로 올라가는지 아래로 내려가는지도 분
간할 수 없었다. 땡 하는 소리와 함께 몇 층에선가 멈
춰 선 엘리베이터는 통째로 집어삼켰던 우리를 토해내

고는 다시 어디론가 사라졌다. 현관의 키패드를 요술 램프처럼 문지르자 삐리릭 소리와 함께 육중한 현관 문이 입을 벌렸다. 나는 미아가 이끄는 대로 불 꺼진 집에 발을 내디뎠다.

퍽 소리와 함께 거실의 불이 밝혀졌을 때, 나는 하마터면 비명을 쏟아낼 뻔했다. 뱀을 좋아한다던 미아의 거실은 온갖 형태의 뱀 문양과 그림, 갖가지 신화에서 끌어모은 크고 작은 뱀들, 뱀과 결합된 기괴한 동물들, 뱀처럼 휘어진 벌거벗은 인간의 형상들이 뒤섞여 하나의 거대한 소용돌이를 이루고 있었다. 그리고 그중에는 근육을 튕기며 꿈틀대는 진짜 뱀도 있었다.

"겁먹지 말아요. 안 무니까."

미아가 손을 내밀자 기다란 검은 뱀 하나가 쉬익 하며 소용돌이에서 떨어져 나와 매끈한 팔에 감겨들었다. 뱀은 애무하듯 미아의 팔을 타고 올라 겨드랑이를 감싸고 돌다가 쇄골의 패인 부분에 몸을 담그고는 새하얀 목을 향해 머리를 곧추세웠다. 시퍼런 독액이 뚝뚝 떨어지는 송곳니를 한껏 빼문 검은 뱀이 갈라진 붉은 혀로 미아의 목을 핥았다. 미아는 눈을 감고 깊게 숨을 들이쉬었다. 단단한 가슴이 봉긋하게 솟아올랐다.

어느샌가 미아의 손에는 날카로운 식칼이 쥐어져 있었다. 칼날 끝이 머리를 곧추세운 뱀의 눈 사이를 짚더니 서서히 등으로 움직이며 다이아몬드 모양의 매끈한 비늘을 쓸어내렸다. 시퍼런 칼날이 목에 닿자 뱀은 격렬하게 혀를 날름거리더니 갈라지는 소리를 냈다. 머리는 여전히 부르르 떨며 꼿꼿이 세운 채였다.

"잘 봐요! 뱀이 죽는지!"

그 말과 동시에 미아는 뱀의 목에 닿은 칼날을 잡아당겼다. 뱀의 목은 깔끔하게 잘려 바닥으로 떨어졌다. 머리를 잃은 몸통이 수압을 못 이기는 호스처럼 퍼덕거리며 미아의 얼굴에 차가운 피를 흩뿌렸다. 순식간에 거실 전체가 붉게 물들었다. 내가 내지른 비명은 마치 날카로운 칼이 기도를 갈라놓은 듯 가래 끓는 울림만 남기고 힘없이 새어나가버렸다.

충분히 그럴 수 있었음에도, 나는 거실을 빠져나와 집 밖으로 도망치지 않았다. 붉은 피를 뒤집어쓴 미아의 얼굴이 소름 끼치게 아름다웠기 때문만은 아니었다. 미아는 손가락으로 자신이 잘라낸 뱀 머리를 가리키며 소리쳤다.

"보라니까요!"

손가락이 뻗어나간 곳에서 몸통을 잃은 뱀 머리가

16

여전히 빳빳하게 입을 벌리고 있었다. 그뿐만이 아니었다. 머리는 잘려 나가기 전과 마찬가지로 격렬하게 혀를 날름거리며 세로로 그어진 깜박이지 않는 눈동자로 나를 똑바로 노려보았다. 한껏 턱뼈를 늘려 커다랗게 벌린 입으로 나를 위협하던 그 머리는 한 뼘밖에 안 남은 몸을 잔뜩 움츠리더니 용수철처럼 튕기며 나에게 날아들었다.

미아가 자신의 팔에 감겨 있던 뱀의 검은 몸뚱이를 채찍처럼 휘둘러 쳐내지 않았다면 독액을 흘리는 송곳니는 그대로 내 심장으로 박혀 들어왔을 것이다. 자신의 몸뚱이에 맞아 바닥으로 내동댕이쳐진 머리가 잔뜩 독이 올라 다시 한번 나를 향했다. 얼마 안 남은 몸을 꿈틀대며 나에게 미끄러져 오던 뱀의 머리 위로 둥그런 유리병이 덮어 씌워졌다. 몇 번이나 투명한 벽에 머리를 부딪으며 빠져나오려고 애쓰던 뱀 머리는 아가리를 한껏 벌리고 부르르 떨더니 분에 못 이기는 듯 박스 안을 빙빙 돌았다. 뱀 머리는 분명 살아 있었다.

"자, 이래도 내 말을 못 믿어요?"

믿는다. 무슨 말을 해도 믿을 것이다. 뱀은 죽지 않는다. 그 말은 몸을 잘리고도 죽지 않는 뱀의 머리처럼 내 머릿속에 강렬한 주문으로 새겨졌다. 미아는 세로로 길게 가늘어진 눈동자로 내 눈동자를 꿰뚫고 뇌를 파헤쳤다. 또렷하게 찍혀 있는 주문을 확인하고는 입꼬리가 귀에 걸릴 정도로 흡족한 미소를 지었다. 그러고는 부르르 몸을 떨었다.

미아의 어깨에 걸쳐져 있던 옷이 허물을 벗듯 무너져 내렸다. 단단한 가슴과, 잘록한 허리와, 물처럼 둥근 엉덩이가 차례대로 드러났다. 차가운 형광등 빛을 반사하는 새하얀 피부가 다이아몬드처럼 반짝였다.

"당신 때문에 내가 아끼던 뱀 하나를 두 동강 냈잖아요. 당신이 날 못 믿어서. 뭐로 보상할 거예요? 당신이 가진 뱀으로?"

미아의 얼음장 같은 손이 내 아랫도리로 미끄러져 들어왔다.

＊

다음 날 아침, 내가 어떻게 집으로 돌아왔는지 잘 기억이 나지 않는다. 정신을 차려보니 나는 내 방 침대 위에 시체처럼 뻗어 있었다. 옷과 살갗 여기저기에 딱딱하게 말라붙은 붉은 핏자국이, 으스러뜨릴 듯 나를 휘감던 미아의 팔이 남긴 욱신거림이, 내 위를 미끄러지던 매끈한 피부의 감촉이, 이가 시릴 정도로 떨려왔던 전율의 기억이 꿈이 아니었음을 증명하고 있었다.

얼마나 더 곯아떨어졌을까. 몇 번을 반복해서 울리는 휴대폰 벨 소리에 나는 겨우 정신을 차렸다. 어제 소개팅을 주선해준 친구였다.

"야. 너 왜 전화를 안 받아. 어제 걔 어땠냐? 죽이지?"

미아에 대해 거리낌 없이 이야기하는 친구의 말투가 무척이나 거슬렸다. 걔? 죽이지? 이 자식이 어떻게 미아를 알고 있는지, 어떤 관계인지, 뱀은 죽지 않는다고 믿고 있는지, 알아내야겠다는 생각이 부글부글 끓어올랐다. 나는 간신히 침착함을 유지하면서 어떻게 아는 사이인지를 물었다.

"아, 걔? 나도 소개받았어. 몇 번 만나기는 했는데, 나랑은 잘 안 맞아서. 이상한 생각 하지 마. 아무 일 없었으니까. 내가 아무려면 설마. 내 스타일은 아닌데. 솔직히 걔 예쁘긴 하잖아. 몸매도 죽이고. 근데 걔 말하는 게 좀. 난 뭐 알아듣지도 못할 말들만 늘어놓는데. 피곤하더라고. 그때 딱 네 생각이 나더라. 너하고 정말 잘 맞겠다고. 야. 너, 기분 나쁜 거 아니지? 괜히 소개해줬나?"

기분 나쁠 리가 없었다. 오히려 큰절이라도 올리고

싶은 기분이었다. 그 뒤로 나는 계속 미아와 만났다. 미아는 내 삶의 일부, 아니 전부가 되었다. 친구는 만남을 이어 나가는 내가 신기한 모양이었다.

"솔직히 말해서, 나 너 걔 몇 번 만나고 그만둘 줄 알았어. 한두 번 만나기는 좋지만. 걔 좀 부담되지 않냐? 사람을 지치게 하는 게 있어. 기를 빨린다고 해야 하나. 그러고 보니 너 안색도 별로 안 좋고. 요즘 무리하는 거 아냐?"

친구는 유난히 미아에게 관심이 많았다. 내가 가장 참을 수 없었던 건, 자신이 먼저 미아를 알았다는 사실을 은근히 나에게 과시하는 말투였다. 친구는 미아를 자신만이 알고 나는 몰랐던 그 시간 동안 뭔가 대단한 일이 있었다는 듯이 만날 때마다 그 얘기를 꺼냈다. 야, 사실은 걔가 말이야. 넌 모를 수도 있지만 걔가 원래…. 내가 겪어본 바로는 걔가…. 그런 말을 들을 때마다 나는 이빨이 떨리고 턱이 간지러웠다.

그러던 어느 날. 친구 녀석이 불러서 나간 자리에 미아가 먼저 와서 앉아 있었다. 내가 오기 전 둘이 무슨 말을 했을까. 혹시 전에도 둘이 따로 만난 적이 있었을까. 그 녀석도 미아가 뱀을 좋아한다는 걸 알고 있을까. 그 녀석도 뱀이 죽지 않는다고 믿을까.

그날 밤, 난 유난히 거칠게 미아에게 달려들었다. 달콤하고 끈적한 몸을 녹여 없애기라도 할 것처럼 몇 번이고 쏟아내고 휘감으며 매달렸다. 거친 숨을 내뿜으며 차가운 목덜미에 무딘 이빨을 가져다 댔다. 결국 지쳐 떨어진 나를 바라보며 미아는 가느다란 미소로 말했다.

"불안해요? 우리가 끝날까 봐?"

나는 아무 말도 하지 못했다.

"당신, 나 믿죠? 내가 말하는 거, 뭐든지 다 믿을 수 있죠?"

나는 고개를 끄덕였다.

"당신이 영원히 내 곁에 있을 수 있는 방법이 있다면, 죽지도 않고 헤어지지도 않고 영원히 나와 함께 할 수 있는 방법이 있다면, 믿을 거예요?"

나는 고개를 들어 미아를 바라보았다. 미아가 재미있다는 듯 혀를 빼물었다. 길쭉한 입이 귀에 걸렸다. 뱀이 죽지 않는다는 걸 믿었는데 사람이 죽지 않는다는 걸 못 믿을 이유는 없다. 나는 다시 고개를 끄덕였다.

미아는 알몸을 덮고 있던 얇은 실크 이불 속에서 미끄러지듯 빠져나왔다. 번쩍이는 나신을 흔들며 어디론가 사라지더니, 잠시 후 나타나 야구공만 한 붉은 구슬 하나를 불쑥 내밀었다.

"간단해요. 이걸 가지고만 있으면 돼요. 이것만 몸에 지니고 있으면 영원히 죽지 않고, 영원히 날 소유할 수도 있어요. 조심하세요. 다른 사람이 가져가면, 그 힘도 고스란히 옮겨가게 되니까."

*

그날 이후, 미아는 정말로 내 소유가 되었다. 내가 원할 때면 언제든지 만날 수 있었다. 얼마든지 격렬한 밤을 보낼 수 있었다. 그저 붉은 구슬만 지니고 있으면 그 모든 게 가능했다. 미아 역시 나를 원하고 있다는 사실을 가느다란 눈동자로 알 수 있었다. 구슬만 있으면 미아의 모든 게 내 것이었다.

그뿐이 아니었다. 영원히 죽지 않는다는 말은 단순한 비유가 아니었다. 요리를 하다 칼에 손을 벤 적이 있었는데, 구슬을 쥐자 불과 1분도 지나지 않아 깔끔하게 상처가 아물었다. 몇 번 더 시험해보았지만 마찬가지였다.

"어머, 내 말을 믿은 게 아니었어요? 영원히 죽지 않는다고 했잖아요."

대단한 발견을 했다고 호들갑을 떨었지만, 미아는 시큰둥하게 되받았다. 그건 내가 딱 좋아할 만큼의 차가움이었다. 구슬을 받기 전에는 미묘한 아쉬움과 안타까움을 남기며 애를 태웠다면 구슬을 받고 난 후에는 더할 나위 없는 최고의 만족과 행복과 가슴 떨림을 주었다. 영원한 시간이 지루하다는 건 거짓말이다. 미아를 만나는 하루하루는 언제나 새롭고 짜릿했다. 그것이 앞으로 영원히 내 앞에 펼쳐질 미래였다.

구슬을 잃어버리지만 않으면.

한 가지 제한은 있었다. 구슬이 있어도 낮에는 미아의 집에 머물 수 없었다. 아침에 일어나면 나는 품속 깊이 구슬을 감추고 밖으로 나와야 했다. 손에 쥐고 있어도 주머니에 넣어도 불안했다. 매시간 매분 매초마다 정말 품속에 들어 있는지를 확인하지 않고는 견딜 수가 없었다.

한번은 잔뜩 움츠리고 집 근처를 배회하다 경찰에게 불심 검문을 받았다. 누가 봐도 수상해 보이는 행색이긴 했다. 경찰은 내가 품에 꼭 안고 있는 구슬을 보여달라고 했고, 계속 거부하자 점점 더 나를 의심했다. 폭발물일지도 모르니 불응하면 강제로라도 압수하여 조사하겠다는 경찰의 말에 못 이겨 결국 나는 잠시 구슬을 건네주어야 했다. 구슬이 내 손을 떠나 있던 불과 1분 남짓한 시간이 천 년처럼 길었다. 영원한 삶, 그것도 영원히 달콤한 삶을 순식간에 뺏길 수 있다는 생각에 나는 미쳐버릴 것 같았다. 그 이후로 낮에는 항상 내 집 안에 머물렀다.

어느 날 샤워를 하다 보니 이상하게 몸에서 때가 많이 나왔다. 살살 문지르는데도 국수 가락처럼 말려 나왔다. 급기야는 팔에 있던 피부 전체가 양파 껍질처럼 떨어져 나가는 단계에 이르러서야 나는 무언가 심상치 않은 일이 벌어지고 있다는 걸 알았다. 아니나 다를까. 결국 나는 몸을 덮고 있던 피부 전체를 벗어 냈다. 놀랍게도 그 피부 밑에서 새로 자라고 있던 내 몸은 이전의 몸보다 더욱 젊고 건강했다. 나는 넓은 어깨와 낮은 체지방으로 역삼각형이 된 상체를 거울에 비추어 보며 구슬의 힘을 새삼 깨달았다.

하필이면 그때. 허락도 없이 벌컥 문을 열고 들어온 친구가 내가 벗어놓은 허물을 보았다. 친구는 내가 연락이 되지 않아 걱정되어 찾아왔다고 했다. 나는 친구를 보자마자 반사적으로 선반에 올려놓았던 붉은 구슬을 움켜쥐었다. 수상한 눈치를 채고 집요하게 캐묻는 친구에게 나는 결국 붉은 구슬에 대해 말하고 말았다. 영원히 죽지 않게 젊음을 유지시켜 주는 구슬이라고. 반신반의하던 친구는 내 얼굴이 여전히 남아 있는 허물을 보고서야 겨우 내 말에 고개를 끄덕였다.

구슬의 주인이 바뀌면 능력도 옮겨 간다는 사실은 일부러 숨겼다. 그 능력에 미아를 소유하는 것까지 포함된다는 사실도 말하지 않았다. 그래도 친구는 무언가를 눈치챈 듯했다. 한 번만 만져보자며 손을 뻗는 친구를 거세게 밀쳤다. 친구는 반쯤 돌아간 내 눈을 보더니 미친 자식이라고 욕하며 도망쳤다.

비밀을 들키고 나서 나의 불안은 더욱 심해졌다. 지나가는 모든 사람이 나를, 그리고 내 구슬을 쳐다보는 것 같았다. 누군가가 쳐들어올까 봐 집에 있지도 못했다. 밖을 나돌아다닐 수도, 집에 틀어박혀 있을 수도 없었다. 나는 1분 1초를 숨죽이며 해가 지기만을 기다렸다. 밤이 되어 미아의 집에 들어가고 나야 겨우 긴장이 풀렸다.

낮에도 집에 머물게 해달라고 애원했지만 미아는 단호했다. 내 모든 부탁을 다 들어주어도 그것만은 안 된다고 못 박았다. 그러고는 허물처럼 옷을 벗었다. 극도의 피로감으로 곯아떨어졌다가 아침에 내쫓기는 일이 반복되었다. 하지만 나는 영생을, 그리고 미아를 포기할 수 없었다.

  결국 문제가 터졌다. 친구 녀석이었다. 지옥 같은 낮 시간을 견뎌내고 겨우 미아의 집으로 돌아와 한숨 돌리려는 찰나에 초인종이 울렸다. 인터폰에는 친구의 얼굴이 보였다. 날 미행한 모양이었다. 문을 열어주지 않으면 경찰에 신고하겠다고 협박했다. 미아는 안 된다며 날뛰는 나를 달래고는 녀석을 안으로 들였다.

  뱀으로 도배된 거실과 미친 사람처럼 구슬만 품고 있는 나를 보고 친구는 경악했다. 당장 여기서 나가자며 내 손을 잡아끌었다. 나는 경기를 일으키며 친구의 손을 뿌리쳤다. 친구는 포기하지 않았다. 미아는 재미있는 구경이라도 하듯 의자에 똬리를 틀고 앉아서는 혀를 날름거리며 거실에서 뒹구는 우리를 지켜보았다.

  한 손으로 구슬을 움켜쥔 채 저항하는 데는 한계가 있었다. 결국 나는 친구가 휘두른 손에 맞아 구슬을 떨어뜨리고 말았다. 나보다 한발 앞서 녀석이 구슬을 집어 들었다. 바람이 새는 소리를 내며 웃는 미아의 시선은 친구를 향하고 있었다. 미아가 한쪽 발을 의자 아래로 내디뎠다.

  "안 돼!"

  나는 벽에 진열되어 있던 뱀의 동상 하나를 집어

들고 녀석의 머리를 내리쳤다. 날카로운 청동 송곳니가 정수리에 박혀 들어갔다. 녀석의 머리에서 분수처럼 피가 솟아 나왔다. 하지만 그것도 잠시, 구멍이 뚫렸던 정수리는 거짓말처럼 아물고 피가 멎었다. 녀석은 어리둥절한 표정으로 손에 쥔 구슬을 바라보다가, 내가 했던 말, 구슬이 영원히 죽지 않는 젊음을 준다는 말이 거짓이 아님을 깨달았다. 다시 달려들었지만 나는 녀석의 주먹에 맞고 바닥에 내동댕이쳐졌다. 이번에는 내 머리가 깨지며 피가 흘러나왔다. 그 피는 멈추지 않았다.

나는 조금씩 흐려지는 의식으로 녀석을 바라보았다. 의자에서 내려온 미아가 서서히 녀석에게 미끄러져 다가갔다. 거실을 기어가는 동안 허물처럼 옷이 벗겨져 하얀 속살과 매혹적인 곡선이 드러났다. 녀석은 자신의 몸을 감아오는 매끄러운 살결을 홀린 듯이 바라보았다.

미아는 내 거야. 영원히 내 거라고. 나는 온 힘을 짜내 녀석에게 다가갔다. 내 손에는 어느새 주방에서 집어 든 식칼이 들려 있었다. 미아의 혓바닥이 녀석의 목을 핥았다. 녀석은 구슬을 손에 꼭 쥔 채 황홀경에 빠져 있었다. 나는 있는 힘껏 식칼로 녀석의 손목을 내리쳤다.

날카로운 비명과 함께 녀석은 구슬을 떨어뜨렸다. 나는 미친 듯이 기어가 굴러가는 구슬을 잡았다. 피가 뿜어져 나오는 손목을 부여잡고 녀석이 나에게 다가왔다. 구슬을 다시 뺏길 순 없었다. 영원히 내 거야. 영원히. 절대로 뺏기지 않을 거야.

나는 손에 든 식칼로 내 배를 찔렀다. 그러고는 길게 옆으로 살을 찢어냈다. 불에 덴 듯한 고통에 정신이 아득했다. 나는 의식이 완전히 사라지기 전에, 구슬을 찢어진 배 속에 밀어 넣었다. 녀석이 나를 붙잡고 거세게 흔드는 도중에도 몸을 웅크린 채 꼼짝도 하지 않았다. 배에 난 상처가 서서히 아물면서 의식도 돌아왔다. 이제, 구슬은 온전히 내 배 속에 들어 있다. 다시는 뺏기지 않을 것이다. 영원히. 그 누구에게도. 나는 미아를 돌아보았다.

미아의 눈동자가 세로로 길게 가늘어졌다. 너무 얇아 보이지 않을 정도였다. 히죽거리는 입이 귀에 걸렸다. 턱이 늘어지면서 나를 통째로 삼켜버릴 수 있을 정도로 커다랗게 입이 벌어졌다. 끝이 갈라진 혀가 미친 듯이 날름댔다. 새하얀 피부가 번쩍이는 비늘로 뒤덮였다.

갑자기 내 배 속에 들어간 구슬이 얼음덩어리처럼 차가워졌다. 온몸의 모든 열이 구슬 속으로 빨려 들어가는 느낌이었다. 어깨에 붙어 있던 팔이 푹 익은 고기처럼 힘없이 녹아떨어졌다. 골반에서 다리가 미끄러지며 빠져나갔다. 바닥에 철퍼덕 엎어진 나는 계속해서 가늘어지고, 길어졌다.

덜컥하고 턱이 빠졌다. 늘어진 입에서 침이 줄줄 흘렀다. 날카롭게 솟은 송곳니에서 시퍼런 독액이 떨어졌다. 눈이 가늘어지며 친구 녀석의 뜨거운 심장이 쿵쾅대는 모습이 들여다보였다. 나는 몸을 휘저으며 쏜살같이 기어가 녀석의 심장에 송곳니를 박아 넣었다.

처참한 비명이 거실을 가득 채웠다. 날카로운 쉬익 소리가 그 소리를 뒤덮었다. 미아가 나에게 손을 뻗었다. 나는 기다란 검은 뱀이 되어 미아의 팔에 감겨들었다. 나는 애무하듯 팔을 타고 올라 겨드랑이를 감싸고 돌며 쇄골의 패인 부분에 몸을 담그고 새하얀 목을 향해 머리를 곧추세웠다. 나는 시퍼런 독액이 뚝뚝 떨어지는 송곳니를 한껏 빼물고는 갈라진 붉은 혀로 미아의 목을 핥았다. 미아는 눈을 감고 깊이 숨을 들이쉬었다. 단단한 가슴이 봉긋하게 솟아올랐다.

나는 영원히, 죽지 않는, 미아의 뱀이 되었다.

꿈에서 읽은 이야기

〔 **1** 〕

그러니까 이건 꿈에서 읽은 이야기다.

〔 **2** 〕

어떤 수사관이 살인 사건을 조사한다. 총 세 명의 피해자가 도끼로 추정되는 흉기로 수차례 가격당해 모두 현장에서 사망했다. 사망 장소는 별장과 주변의 숲에 흩어져 있다. 시체를 발견한 관리인이 바로 경찰에 신고했고, 마침 근처에 있던 수사관인 나는 현장으로 차를 돌린다. 갑자기 쏟아지기 시작한 빗발이 순식간에 장대처럼 굵어져 차창을 두드린다. 내비게이션을 찍고 오다가 덜커덩거리는 철판이 깔린 좁은 길을 지나온 기억이 난다.

별장 진입로 근처에서 검은 우산을 쓴 채 나를 맞이한 관리인은 놀라울 정도로 침착했다. 차에서 내리는 나를 위해 미리 준비한 우산을 건네주고는 바로 현장으로 안내했다. 웃자란 풀들이 감싸 안은 좁은 오솔길을 플래시 불빛에 의지해 헤치고 들어가느라 바지가 흠뻑 젖어버렸다.

강이 내려다보이는 야트막한 언덕에서 발견된 첫 번째 시체와 별장 뒤편으로 내려오는 비탈길 옆 수풀에 숨겨져 있던 두 번째 시체는 모두 이마 한가운데가 쪼개져 있었다. 그 외에도 목덜미와 가슴팍, 등과 팔 여기저기에 심하게 찢긴 상처가 있어서 어떤 것이 직접적인 사망 원인인지는 감식이 필요해 보였다. 두 가지는 확실했다. 피해자는 이미 사망했고, 범인은 피해자를 확실히 죽이려 했다.

"나머지 한 명은 별장 안에 있습니다."

보통은 별장 안의 시체를 먼저 보여주고 밖으로 안내하는 게 순서 아닐까. 시체를 보여주는 데 정해진 순서가 있는 건 아니지만. 나는 관리인이 세 번째 시체를 보여준 뒤 감식반이 올 때까지 벽난로 곁에서 젖은 몸을 말리라고 하며 따뜻한 커피 한 잔을 권할 것 같다는 느낌을 받았다.

"이 별장의 관리인이시라고 들었는데 맞습니까?"

"관리인이요? 아뇨. 아닙니다. 누가 그러던가요? 전 손님입니다. 죽은 세 사람과 마찬가지죠."

"신고하신 분 아닙니까?"

"네. 제가 신고했죠. 하지만 관리인은 아닙니다. 그런 말을 한 적도 없고요."

"그렇습니까? 아마 너무 침착하셔서 신고를 받은 사람이 오해했나 보군요. 지금도 친구 셋이 참혹하게 살해당한 현장을 목격한 분이라고는 전혀 믿어지지 않으니까요."

관리인이 아니라 손님이라고 주장하는 신고자는 캐노피가 설치된 별장 현관 앞으로 들어서며 우산을 접어 탁탁 털었다. 그러고는 내 우산을 받아 들어 마찬가지로 털고 현관 옆에 기대어 놓았다. 여전히 손님보다는 관리인이 어울리는 모습이다. 웅크리고 있던 허리를 쭉 펴니 의외로 키가 컸다. 신고자는 현관문을 당겨 열고는 내게 먼저 들어가라고 손짓하며 말했다.

"경찰들은 원래 그렇게 지레짐작이 많나 보죠? 저는 손님이지 저 사람들과 친구라고 한 적은 없습니다. 세 명이 살해당했다고 한 적도 없고요."

"세 명이 아닙니까?"

세 명이었다. 다만 마지막 시체는 이층 난간에서 천장이 높은 거실로 늘어진 굵은 끈에 매달린 채 혀를 길게 내밀고 있었다. 바지를 타고 흘러내린 배설물은 지독한 냄새를 풍기며 바닥에 고여 있었고 흠뻑 젖은 옷에서 아직도 그 위로 한 방울씩 물방울이 맺혀 떨어졌다. 나는 코를 막으며 뒤로 물러섰다. 아무래도 벽난로 옆에서 따뜻한 커피를 얻어 마시며 감식반을 기다리기는 힘들어 보였다.

신고자를 따라 거실 옆에 딸린 서재로 들어가 문을 닫자 그나마 좀 살 것 같았다. 숨을 몇 번 몰아쉬며 폐 속에 들어찬 눅눅한 공기를 뱉어낸 뒤 신고자에게 물었다.

"아까 손님이라고 하셨죠? 피해자들과는 어떤 관계십니까?"

"글쎄요. 저는 그냥 손님일 뿐입니다. 저 사람들도 손님이겠죠."

"서로 모른다는 말씀이십니까? 그럼 대체 초대한 사람은 누구입니까?"

"저런."

신고자는 그렇게 말하고는 혀를 차며 밖으로 나가버렸다. 어안이 벙벙해진 나는 신고자를 따라 나가려다가 벽에 걸린 지도 한 장에 시선을 멈췄다. 별장 주변의 지도라는 느낌이 들었다. 지도에는 세 개의 X 표시가 되어 있었는데 그 위치는 시체가 발견된 곳과 일치했다. 언덕에 하나, 수풀에 하나, 그리고 별장에 하나. 또 한 가지, 별장은 강으로 둘러싸인 섬 위에 있었다. 푸른색으로 칠해진 물줄기가 둘로 갈라져 별장과 그 주변의 숲을 감싸고 내려갔다. 강 바깥과는 단 하나의 다리로 연결되었는데 그게 바로 내가 아까 지나온 덜컹거리는 철판이 깔린 길이었다.

그런데 지도상의 다리는 연결되어 있지 않았다. 빨간색으로 칠해진 다리는 둘로 갈라져 비스듬하게 끌어올려진 채였다. 그 순간 바깥에서 쇠사슬이 미끄러지며 철판과 철판이 당겨지는 소리가 들렸다. 그게 의미하는 걸 깨달은 순간 나는 그만 온몸이 얼어붙고 말았다.

〔 **3** 〕

여기까지가 꿈에서 읽은 이야기다. 꿈에서 겪은 이야기가 아니라 꿈에서 읽은 이야기다. 꿈에서 이 이야기를 읽은 나는 몸이 얼어붙는 동시에 이 이야기가 놀라울 정도로 멋지다고 생각했다. 그러고는 왜 이런 이야기를 내가 먼저 생각해내지 못했을까 안타까워했다.

〔 **4** 〕

꿈에서 깨어난 뒤 나는 순간 가슴이 설렜다. 꿈에서 읽은 이야기는 누군가가 먼저 써버린 글이 아니니 내가 쓰면 된다는 생각에서였다. 끌어올려진 다리를 보았을 때의 충격과 서늘함이 생생했기 때문에 그걸 잘 살리기만 하면 분명 엄청난 글이 될 거라고 확신했다.

하지만 꿈을 되새기며, 정확히는 꿈에서 읽은 이야기를 되새기며 들뜬 마음이 점점 가라앉았다. 여전히 두근대는 가슴과는 달리 꿈에서의 이야기에는 빈틈이 너무 많았다. 위에 정리한 글은 사실 꿈에서 깨어난 뒤 많은 부분을 고민해 채워 넣은 결과다. 다 써놓고 보니 이야기가 그리 대단해 보이지 않았다. 수상한 신고자와 함께 섬에 고립되는 이야기는 별로 참신하지도 않다. 대체 왜 나는 그 순간 온몸이 얼어붙는 느낌을 받은 걸까.

〔 **5** 〕

첫 번째 희생자. 43세 고경욱. 남양주에서 작은 식육식당을 운영하고 있으며 부인과는 1년 전 이혼했다.

이제 막 중학교에 들어간 딸은 부인과 함께 부천에 살고 있다. 주변 사람들의 말로는 술만 마시면 딸이 보고 싶다고 우는데 이혼하기 전에도 딸을 그렇게 각별하게 챙겼는지는 잘 모르겠다고 한다.

두 번째 희생자. 39세 주형석. 대방동에 빌라 몇 채가 있는 건물주라고 자랑하고 다니는데 실은 전부 깡통빌라며 전세금 빼주고 나면 남는 것도 없다고 한다. 최근 강남의 한 하우스 도박장에 드나들기 시작했다는 소문이 있다. 여러 여자와 동거를 반복했는데 대부분 돈 문제 때문에 헤어진 것으로 짐작된다.

세 번째 희생자, 혹은 자살자, 혹은 범인. 44세 구현모. 거실 소파에 벗어놓은 재킷 안주머니에서 투자회사 대표라고 적힌 명함이 나왔는데 사무실로 적혀 있는 곳은 현재 공실이다. 건물주에 따르면 구현모라는 이름을 들어본 적도 없다고 한다. 제2금융권을 포함해 스무 개가 넘는 계좌에서 작게는 수백만 원 많게는 수억 원의 돈이 들어왔다가 나간 흔적이 있는데 현재는 잔액을 다 더해봐야 천만 원도 되지 않는다.

그리고 신고자.

신고자에 대해 밝혀진 건 아무것도 없다. 신고는 현장에서 발견된 구현모의 휴대폰을 통해 이루어졌고 사망 추정 시간과는 불과 30분밖에 차이가 나지 않는다. 오차를 감안하면 사망 전인지 후인지 확정이 어렵다. 신고 상황이 녹음된 목소리 역시 억수같이 쏟아지는 빗소리에 섞여 무슨 소린지 겨우 알아들을 정도라 신고자가 구현모인지 아니면 제3의 인물인지를 알아내기는 불가능한 상황이다.

"그러니까 조 형사님이 말씀하신 그 관리인, 아니 손님의 흔적이 어디에도 없다니까요? 조 형사님이 여기 도착하시고 나서 우리가 온 게 한 30분 차이 날 텐데, 그사이에 섬을 빠져나갔다면 자동차 바퀴 자국이나 발자국이 남아야 할 거 아닙니까. 비가 그렇게 와서 길이 아주 진창이 됐으니까요. 근데 없어요. 조 형사님이 타고 오신 바퀴 자국하고 별장 주변으로 산책로를 한 바퀴 도신 발자국밖에 없다 이겁니다. 차도 다 그대로 있고요. 조 형사님이 타고 온 차 한 대. 죽은 세 사람이 타고 온 차 세 대."

"말이 안 되잖아. 내가 헛것이라도 봤다는 거야 뭐야?"

"차라리 그랬으면 좋겠네요."

"그랬으면 좋겠다니?"

"조 형사님 발자국 말입니다. 헤맨 흔적이 없어요.

시체 두 구를 정확히 찍고 별장 안으로 들어갔다는 말입니다. 마치 시체가 있는 위치를 미리 알고 있었다는 듯이요."

"그야 당연하지! 그 사람이 날 안내했다니까?"

"그 사람 발자국이 없다니까요? 그 사람, 무슨 신발을 신고 있었는지는 기억이 나십니까?"

"몰라. 무슨 등산화거나 했겠지."

"그럼 인상착의는요."

"그게, 기억이 안 나."

"하."

김준호 경장. 이쪽 파출소에 배치된 지는 채 한 달이 되지 않는다. 일 처리는 능숙한 편이지만 동료들과 은근한 마찰이 있다. 나한테도 자주 대드는 편인데 따져보면 틀린 말은 아니라 웬만해서는 받아준다. 이번에도 그렇다. 신고자라고 생각했던 사람의 인상착의를 기억하지 못한다는 건 말이 되지 않는다. 아마 지도를 봤을 때의 충격이 너무 커서 순간적으로 기억에서 지워진 게 아닐까 짐작할 뿐이다. 물론 그걸로 김 형사를 설득할 수는 없다. 내가 인상착의를 기억하지 못하는 이유도, 그 지도를 보고 충격을 받은 이유도 설명할 수 없다. 덧붙이자면, 지도와는 달리 다리는 끌어

올려져 있지 않았다. 애초에 그럴 수 있는 구조가 아니었다. 그러면 내가 들은 소리는 뭘까.

"그러니까 헛것을 보셨다는 거 아닙니까. 뭐에 홀리셨나 보죠. 시체를 바로 찾은 이유도, 뭐 조 형사님의 직감 같은 거라고 하죠. 위에는 따로 보고 안 했습니다. 발자국 말이에요."

"그건 찾았어?"

"뭐 말입니까?"

〔 **6** 〕

"흉기 말입니다. 도끼 같던데."

"아까 못 보셨습니까?"

"아까 언제요?"

"현관 밖에서요. 우산 세워놓은 곳 바로 옆에 있었는데."

"그걸 왜 이제 말씀하십니까?"

"당연히 보셨을 줄 알았죠."

태연하게 대답하는 신고자를 서재에 두고 나는 서둘러 현관으로 달려 나갔다. 거실을 꽉 채운 지독한 냄새는 여전했다. 코를 쥔 채 현관문을 열자 우산 두 개

옆에 나란히 세워져 있는 도끼가 보였다. 서늘하게 번득이는 도끼날에는 미처 씻겨나가지 않은 붉은 피와 살점 조각으로 보이는 덩어리들이 군데군데 묻어 있었다. 우산만큼이나 긴 도낏자루는 비에 흠뻑 젖어 있었는데 손으로 잡았던 것처럼 보이는 위치만 희미하게 젖은 정도가 덜했다. 나는 재빨리 휴대폰을 꺼내 사진을 찍었다. 언뜻 보기에는 왼손으로 잡은 흔적 같았다.

〔 **7** 〕

"조 형사님 왼손잡이시죠?"

"그런데. 왜?"

"하필 또… 왼손이래요. 이마가 쪼개진 상흔 말입니다. 왼손으로 도끼를 들고 내리친 거랍니다."

"그래서. 왼손잡이니까 내가 범인이라는 거야? 너 우리나라 인구의 몇 퍼센트가 왼손잡이인지나 알아?"

"5.8퍼센트요. 양손잡이까지 합하면 13.7퍼센트고요. 형사님이 범인이라는 게 아니라. 오른손잡이시면 확실하게 아닌 거잖아요. 얼마나 좋아요. 깔끔하고."

"그게 무슨 증거가 돼? 오른손잡이가 왼손으로 들고 내리쳤을 수도 있잖아."

"다르대요. 검사하면 다 나온답니다. 왼손잡이가 왼
손으로 들고 쳤답니다."

"구현모는?"

"왼손잡이요. 다행인 거죠. 지금으로써는 그게 이
상황을 설명할 유일한 가설이니까요. 구현모가 두 사
람을 죽이고. 자살했다."

"너 자꾸 날 용의자 취급하는데. 죽고 싶어?"

"빨리 빼드리려는 겁니다. 아닌 거 아니까. 무엇보다,
동기가 없잖아요."

〔 **8** 〕

"그러니까, 당신 말은 구현모가 두 사람을 죽이고
자살했다는 겁니까? 동기가 뭡니까?"

"그건 형사님이 밝혀주셔야죠."

"대체 여기엔 왜 모인 겁니까? 세 사람 말입니다. 아
니, 당신까지 포함해서 네 사람."

"글쎄요. 초대한 사람이 알겠죠."

"그러니까 그 초대한 사람이 누구냐고요!"

"형사님. 아니, 작가님이라고 해야 하나요."

"무슨 소리를 하는 겁니까? 지금. 제가 소설을 쓰고

있다는 겁니까?"

"이게 누구의 꿈이죠?"

"뭐라고요?"

신고자가 갑자기 웃기 시작했다. 덜컹하고 주변이 흔들렸다. 난간에 매달려 있던 시체가 점점 진폭을 키워가며 시계추처럼 흔들린다. 시체가 길게 빼문 혀를 날름거리며 함께 웃는다. 누군가 유리창을 두드리는 소리가 난다. 서재에서, 그리고 현관에서.

온몸이 얼어붙는다. 그래. 나는 예전에도 이렇게 몸이 얼어붙은 적이 있었다.

〔 **9** 〕

그러니까 이건 내가 꾸었던 꿈에 대한 이야기다.

〔 **10** 〕

나는 형사가 되고 싶었다. 탐정이라고 해야 맞을지도 모르겠다. 어렸을 때는 탐정과 형사의 차이도 정확히 몰랐다. 어쨌거나 범인을 잡고 싶었다. 이왕이면 살인 사건의 범인을 잡고 싶었다.

물론 나는 시체를 볼 일이 없었고 내 주변에서는 살인 사건이 일어나지 않았다.

그래서 소설을 썼다.

〔 **11** 〕

"준호야. 너 사람이 목을 매고 죽으면 어떻게 되는 줄 알아?"

"어떻게 되는데?"

"혀가 이렇게 길게 늘어져."

그렇게 말하며 나는 할 수 있는 한 길게 혀를 내밀었다. 준호는 인상을 찌푸리며 손을 내저었다.

"웃기지 마."

"그리고 똥을 싸."

"아, 씨 진짜. 밥맛 떨어지게. 죽은 사람이 어떻게 똥을 싸냐?"

"진짜라니까."

"네가 어떻게 아는데?"

"봤으니까."

"언제?"

"아빠가 죽을 때."

〔 **12** 〕

한편으로 이건 내가 꾸며낸 이야기이기도 하다.

〔 **13** 〕

회사에 계셔야 할 아버지가 내 방에 있었다. 모니터
에는 내가 쓴 소설들을 모아놓은 폴더가 열려 있었고
그중 하나의 내용이 화면에 띄워져 있었다. 흰 화면에
빼곡히 들어찬 검은 글자들이 낙인처럼 날아와 꽂혔
다. 아버지는 억지로 웃고 있었다. 아버지가 최선을
다하고 있다는 사실에 나는 더 자괴감이 들었다.

"재미있게 잘 썼더라. 소설가가 꿈이야?"

"아뇨."

"그럼 취미로?"

고개만 끄덕였다.

"글 쓰는 취미 좋지. 고개 들어. 왜 그렇게 죄지은
사람처럼 그러고 있어. 지금 아빠 혼내는 거 아니야."

고개를 들었다. 아버지와 눈을 맞출 수는 없어서 벽
에 걸린 세계지도를 봤다. 까만 점이 찍힌 동그라미 옆
에 도시 이름이 적혀 있었다. 파리, 런던, 브뤼셀, 암스

테르담, 베를린, 바르샤바.

"그냥 조금 궁금해서."

빌뉴스, 민스크, 모스크바.

"네가 쓴 글에서는 왜 항상 아빠가 죽어?"

그때 나를 덮친 감정을 설명하기는 어렵다. 나는 아버지가 진짜로 돌아가실까 봐 너무 두려웠다. 내가 쓴 글이 저주가 되어 아버지를 덮칠 것 같았다. 그리고 나는 처음 그 글을 쓸 때부터 이런 일이 일어날 줄 미리 알고 있었던 것만 같았다. 그것 말고는 내가 그런 글을 쓴 이유를 설명할 방법이 없었다. 내가 걸어놓았던 불경한 주술은 지금 아버지의 입을 통해 뱉어지는 말로 완성되고 있었다.

"고경욱, 주현석, 구현모. 이름은 달라도 다 아빠더라."

고경욱, 주현석, 구현모. 아랫도리가 조금씩 축축해졌다. 허벅지를 타고 흘러내리는 뜨뜻한 액체가 느껴졌다. 필사적으로 버텼지만 눅눅하고 질척한 느낌은 점점 번져나가 다리 전체를 마비시켰다. 나는 그저 아버지가 눈치채지 못하기만을 바랐다. 카잔, 예카테린부르크, 노보시비르스크, 울란바토르.

"그래 뭐. 어차피 지어낸 얘기니까 뭘 써도 상관은

없는데. 혹시 뭐 아빠한테 불만이 있어서 자꾸 죽이는 건 아니지? 하하."

잠시라도 시선을 멈추면 무언가에 붙잡힐 것 같았다. 나는 하염없이 도시와 도시를 오가며 유라시아 대륙을 헤맸다. 내가 아무런 대답도 하지 않자 점점 굳어가는 아버지의 표정이 똑바로 바라보지 않아도 보였다. 결국 아버지는 숨기지 못한 한숨과 함께 의자에서 일어났다.

"쓰고 싶은 대로 써. 아빠는 괜찮으니까. 그런데 죽는 장면이 좀 너무 잔인하더라. 도끼로 이마가 막 쪼개지고. 그렇게 자극적인 장면을 쓰는 건 좀 반칙 아니야? 그런 걸 안 쓰고도 재미있어야 진짜 재미있는 글이라고 아빠는 생각하는데."

〔 **14** 〕

준호가 물었다.

"대체 왜 그렇게 꿈에 집착하는 거야?"

"꿈에 집착하는 게 아니야. 꿈에서 느꼈던 감정에 집착하는 거지."

"그게 왜 그렇게 대단한데?"

"글이라는 게 결국은 독자에게 어떤 감정을 불러일으키는 거잖아. 그런데 고작 꿈으로 불러일으킨 감정을 글로 재현할 수 없다는 데서 뭐랄까 좀 자괴감이 드는 거지."

"사람이 꿈을 꿀 때는 뇌의 일부가 비활성화돼. 사람이 좀 원시적으로 되는 거야. 그러니까 감정도 강렬해지는 거고. 뭐, 좀 반칙이라고 할 수 있지. 그러니까 그걸 글로 재현하는 건 당연히 어렵겠지."

"아냐. 그거랑은 달라. 그 이야기를 내가 먼저 생각해내지 못한 게 얼마나 억울했는데."

"깨어나서 되새겨 보니까 별거 아니었다며."

"그건 분명 뭔가 중요한 부분을 빠뜨려서 그럴 거야."

〔 **15** 〕

"무엇보다 동기가 제일 중요하죠. 세 명을 살해한 동기. 혹은 두 명을 살해하고 스스로 자살한 동기."

김준호 형사가 나를 보며 그렇게 말했다. 나는 이미 무척이나 피곤해진 상태였다. 지도를 보며 온몸이 얼어붙는 느낌을 받은 이후로는 마치 무언가가 빠져나간 것처럼 몸도 정신도 버티기가 힘들었다.

"동기가 그렇게 중요한가?"

"당연하지 않습니까? 살인 사건에서 동기와 흉기보다 중요한 게 있습니까?"

"그건….'"

내가 대답했다. 아마도 김준호 형사는 예상하지 못했을 대답이다.

"트릭과 반전이지."

"뭐라고요? 지금 장난하십니까?"

〔 **16** 〕

이 이야기 전체에서 실제로 있었던 일은 딱 하나, 꿈에서 받았던 충격뿐이다.

〔 **17** 〕

"제가 초대한 건 당신들이 아닙니다."

"이제야 말이 통하는군요."

"이건 제가 꾼 꿈도 아니고요."

"그럼 뭘까요?"

신고자가 실실 웃으며 나를 바라본다. 내가 그의 얼굴을 기억하지 못하는 이유를 알았다. 나는 그 사람과 눈을 마주친 적이 없다. 나는 그 사람이 내민 검은 우산과 젖은 수풀과 이마가 쪼개진 시체와 캐노피가 딸린 현관과 난간에 매달린 시체와 벽에 걸린 지도를 바라봤지만, 그 사람을 바라보지는 못했다.

나는 이제 그 사람을 바라보며, 말한다.

"제가 쓴 글이죠. 온갖 반칙과 술수가 가득한 글."

〔 **18** 〕

누군가를 초대하려면 먼저 파티를 준비해야 한다. 진입로가 다리 하나뿐인 섬에 손님들을 초대한다. 먼저 온 손님 하나의 이마를 강이 내려다보이는 언덕에서 쪼개고, 두 번째로 온 손님의 난자당한 시체를 수풀 속에 던지고, 세 번째로 온 손님의 목을 난간에 매달면 파티 준비가 끝난다. 아, 일기예보를 확인할 것. 앞이 보이지 않을 정도로 폭우가 쏟아지는 밤이어야 하니까.

대접할 거라고는 이게 전부라 송구스럽습니다만, 마음에 드셨으면 좋겠군요. 사랑하는 사람을 죽이는 상상을 해보지 않은 사람은 없을 테니까요. 아뇨. 제가 말한 건 사랑하는 사람입니다. 다시 말하면, 당신이 가장 죽지 않기를 원하는 사람을 당신 스스로 죽이는 거죠. 대체 왜 그런 상상을 하게 되는 건지는 모르겠지만, 우리가 우리 자신에 대해 아는 게 얼마나 되겠습니까. 그러니까 당신이 든 칼이 찌르는 건 당신이 사랑하는 사람이 아니라 당신 자신인 겁니다. 당신의 꿈에서, 당신이 만들어낸 괴물이, 당신을 막다른 곳에 몰아넣는 악몽과도 비슷하겠네요. 대체 그런 꿈을 왜 꾸는 겁니까?

당신이 건너온 빨간색 다리가 끌어올려지고 있네요. 쇠사슬이 미끄러지고 철판과 철판이 부딪히는 소리가 들리실 겁니다. 파티가 시작됐습니다. 도끼를 드세요. 현관에 놓여 있는 걸 보셨나요?

〔 **19** 〕

이런, 누굴 죽일지까지 제가 알려드려야 하나요?

〔 **20** 〕

"결국 전 그냥 군더더기였던 겁니까."

덜컹거리는 다리를 건너며 김준호 형사가 투덜댔
다. 두 명을 죽이고 범인도 자살. 사건 종결. 싱거운 얘
기다.

"너무 아쉬워하지 마. 정말 군더더기였다면 빼버렸
을 테니까."

어렸을 때부터 나는 늘 형사가 되고 싶었다. 아니면
탐정이거나. 나는 시체를 볼 일이 없었고 내 주변에서
는 살인 사건이 일어나지 않았기 때문에, 나는 소설을
썼다.

〔 **21** 〕

그리고 가끔 이상한 꿈을 꾼다.

뚱뚱한 건 죄가 아니에요

지금 내가 살고 있는 이곳에서, 뚱뚱한 건 죄다. 아니면 병이다.

뚱뚱한 게 죄가 되지 않는 공간이 있다. 집. 집 안에만 처박혀 있으면 뚱뚱한 건 문제가 되지 않는다. 아무 집이나 다 되는 건 아니다. 아래층이 없어야 한다. 두꺼운 슬리퍼를 신고 아무리 조심스럽게 걸어봐야 위층에 뚱뚱한 사람이 산다는 걸 아는 아래층 사람들은 귀신같이 나의 발걸음을 눈치채고 경비실에 신고한다. 때로는 눈치채지 못해도 신고한다. 내가 아무리 조심했다고 항변해봐야 경비원은 말을 하는 내 입보다 두툼한 내 허벅지를 믿는다. 어쩌다 엘리베이터에서 마주치기라도 하면 사람들은 나로 인해 만들어지는 미세한 흔들림이 엘리베이터를 붙들고 있는 체인을 끊어버리기라도 할 듯이 불안해한다. 심지어는 내 몸을 씻고 내려가 하수구로 들어간 물이 자신의 샤워 꼭지로 다시 흘러나올지도 모른다고, 그렇게 되면 내 몸속의 지방 알갱이가 자신에게 전염될 수도 있다고 믿는 모양이다. 내가 샤워기를 틀면 어렴풋이 들리는 욕설과 함께 아래층의 샤워기 소리가 끊어지는 경우가 종종 있다. 정말이다.

그렇다. 사람들은 나의 비만이 그들에게 전염될까 봐 두려워한다. 내가 엘리베이터에서 만드는 흔들림이 자신의 몸에 공명될까 봐 두려워한다. 내가 내쉬는 숨, 나를 지나간 분자가 자신의 보금자리로 스며들까 봐 두려워한다. 그런 두려움을 불러일으키는 건 나의 죄다. 나는 뚱뚱한 주제에 뻔뻔하게도 그들과 같은 공간에 존재하려 하는 흉악한 범죄자다.

결국 나는 반지하로 이사해야 했다. 단독주택을 살 만한 돈은 없으니까. 희한하게도 내 아래층에 사는 걸 그렇게 끔찍해하는 사람들이 위층에 사는 건 그나마 참아낸다. 비만이라는 질병은 너무 무거워서 중력을 타고 아래로만 흐른다고 생각하는 모양이다. 아니면 나처럼 뚱뚱한 사람은 번듯한 아파트가 아닌 반지하쯤 되는 열악한 환경에서 살아야 공정하다고 믿는지도 모르겠다.

당연하겠지만 나는 혼자 산다. 부모님은 이미 날 포기한 지 오래다. 연애나 결혼은 내가 포기했다. 친구는 글쎄. 의외라고 생각할지 모르겠지만 친구는 나름 많다. 물론 대부분은 온라인 친구다. 오프라인에서는 사람을 사귈 수 없어서가 아니다. 사귀고자 하면 얼마든지 사귈 수 있다. 정말로.

우선 나와 같은 비만인들이 있다. 뚱뚱한 사람들이서로 만나는 게 어려울 리 없다. 뚱뚱한 사람들끼리 몰려다니면 노골적으로 눈치를 받기 일쑤지만, 집으로 초대한다면 문제 될 게 없다. 원한다면 연락처를 뒤져 당장 불러 모을 수 있는 사람이 네댓은 된다. 마른 몸매를 지닌 사람과 만나기도 어렵지 않다. 비만인에 대한 차별에 반대하는 순수한 신념을 지닌 사람도 생각보다 꽤 있다. 본인의 포용력, 아니 잡식성을 과시하기 위해 비만인 하나쯤 친구 리스트에 끼워놓으려는 사람은 그보다 훨씬 더 많다. 하지만 나는 그냥 혼자 있는 게 편하다.

나는 글을 쓴다. 온종일 집에만 있으면서도 생계를

유지할 수 있는 이유다. 대단한 작가도 아니고 억대의 수입도 없다. 그냥 딱 먹고 살 수 있을 정도만 번다. 딱 먹고 살 수 있을 정도. 그런데 그 아슬아슬한 딱이 지금 거의 한계에 와 있다.

내 인세 수입의 대부분을 차지하는 것은 5년 전에 쓴 소설 《뚱뚱한 건 죄가 아니에요》다. 슈퍼모델급 몸매를 갖춘 미녀 킬러가 전 세계를 돌며 갖가지 악당들을 처치한다. 물론 악당들은 죄다 비만이다. 악당들의 두툼한 배를 꿰뚫는 총알이 붉은 피와 함께 누런 지방 조각을 사방에 흩뿌리는, 뭐 그런 내용이다. 출간 당시에는 꽤 화제가 됐었고 수입도 쏠쏠했다. 그 뒤에 낸 책들은 줄줄이 실패했다.

점점 줄어드는 인세 수입이 월세를 밑돌기 시작한 게 1년 전이다. 집주인이 내 뚱뚱한 몸을 똑바로 바라볼 수 있는 비위만 있었어도 난 벌써 쫓겨났다. 그마저도 이제 마지막 경고를 받았다. 이번에 날 찾아온 것은 주인이 아니라 청부업자였다. 그는 삼겹살과 갈매기살을 깔끔하게 분리하기 위해 칼을 박아 넣을 자리를 찾는 도축업자처럼 불그스레한 눈으로 내 배를 쳐다보며 월세를 준비할 며칠의 말미를 주겠다고 말했다. 먹을 거 사 처먹고 뒤룩뒤룩 살찔 돈은 있는데 그

깟 월세를 못 내느냐면서.

그건 정말 일일이 변명하기 지겨울 정도로 흔한 오해다. 살이 찌지 않는 음식은 살찌는 음식보다 훨씬 비싸다. 그럼 양을 줄이면 되지 않느냐고? 사람은 허기를 채워야 살 수 있다. 배 속의 허기를 덜 채우려면 그만큼 정신적인 허기를 채워야 한다. 물론 훨씬 더 비싸다. 허기를 달래기 위해, 가난한 사람은 싸구려 음식으로 배 속을 잔뜩 채우는 수밖에 없다. 그래서 가난과 비만은 서로 얽혀 있다. 사람들은 여기에 나태라는 고리를 끼워 넣는다. 게을러서 가난하고, 게을러서 살이 찐다는 논리다. 부당하지만 반박하기가 쉽지 않다. 비만이 죄라는 감성적 주장은 애초에 논리로 반박할 수 없다.

사실 《뚱뚱한 건 죄가 아니에요》는 뚱뚱한 악당을 처단하는 액션 활극에 비만인을 변호하는 암시를 집어넣은 반어법적인 소설이었다. 하지만 그런 암시 따위는 누구도 눈치채지 못했고, 소설은 성공했다. 출판사가 제목을 박을 때 '뚱뚱한 건 죄'라는 앞의 다섯 글자를 뒤의 다섯 글자보다 훨씬 크게 한 건 단순히 미적 감각을 고려한 디자인이 아니었다. 독자들의 호평이 쏟아지고 나서야 나는 그 사실을 깨달았다. 따지고 보면 그다음 소설들이 줄줄이 실패한 이유는, 좀 더 노골적으로 표현된 그 암시들을 빼달라는 출판사의 거듭된 요청에도 끝내 내가 뜻을 굽히지 않았기 때문이다. 땅을 치고 후회할 거지 같은 자존심이었다. 다시는 그따위 자존심을 세우지 않으리라 맹세했지만, 다음 기회 같은 건 오지 않았다.

✱

그런데 오늘, 다음 기회가 왔다.

"저, 혹시 박태호 작가님 맞으신가요? 《뚱뚱한 건 죄가 아니에요》를 쓰신."

"네. 맞습니다만. 무슨 일이신가요?"

팬인가? 농담이 아니다. 한때는 내게도 팬이 있었다. 팬클럽도 있었고. 팬 미팅도 하자고 난리였지만 이 몸을 끌고 나갈 용기가 없었다. 정말 현명한 선택이었다. 팬들은 오히려 신비주의라며 좋아했다. 차라리 두 번째 책도 내지 말았어야 했다. 그랬다면 지금 훨씬 더 많은 인세를 받고 있을지도 모른다.

"아, 네. 반갑습니다. KBC 이영미 피디라고 합니다. 다름 아니라. 이번에 저희가 기획한 시사 프로에 패널로 참여해주실 수 있는지 여쭤보려고 전화 드렸습니다. 잠시 시간 괜찮으신가요?"

패널? 나를? 가슴이 뛰었다. 잠깐, 그런데 방송이면. 안 될 일이다. 그래도 한때 날리던 소설가였던 박태호가 사실은 뚱보였다는 게 알려지면 재기는 영원히 불가능하다. 그런데 지금 내가 재기를 생각할 여유가 있을까. 당장 며칠 후면 삼겹살과 갈매기살이 분리될지도 모르는데. 어차피 소설로 돈 벌기는 틀렸다. 그럼 차라리 출연료라도 챙기는 게 낫지 않을까. 대한민국 대표 방송국인데. 적어도 한 달 월세 정도는 주겠지.

"아. 제가 자격이 될지 모르겠네요. 혹시 어떤 주제로."

"자격이 충분히 되셔서 전화 드린 거예요. 이번 주제는 '비만, 과연 죄인가, 아니면 병인가'입니다. 박태호 작가님은 《뚱뚱한 건 죄가 아니에요》라는 소설을 통해 비만의 죄악성을 통렬하게 드러내신 소설가로서, 비만은 죄라는 주장을 펼치실 패널로 섭외되셨어요."

그건 그런 소설이 아니라니까요! 라고 반박할 수는 없었다. 이제는 나조차 소설의 어디에 비만인을 변호하는 암시를 넣었었는지 기억이 가물가물할 정도다. 아무리 그래도 그렇지, 그런 프로에 나가도 될까. 비만이 죄 아니면 병이라니. 게다가 내가 섭외된 것은 비만이 죄라는 쪽이었다. 전 국민 앞에서 내가 내 입으로 나를 둘러싸고 있는 이 폭신한 지방이 모두 죄악의 덩어리라고 고해성사라도 하란 말인가.

"그런데, 방송이 바로 내일이라서요. 시간이 되실지 모르겠네요."

"혹시 출연료는 있나요?"

나도 모르게 묻고 말았다. 맹세컨대 그 말은 내 머리가 아니라 반으로 갈라지고 싶지 않은 내 뱃살에서 나온 것이리라.

"그럼요. 방송 끝나면 바로 이체해드립니다."

"하겠습니다."

다시는 그따위 자존심을 세우지 않으리라.

✳

일단은, 입고 나갈 옷이 없었다. 애초에 나는 밖에 나가기 위한 그 어떤 준비도 되어 있지 않았다. 무엇보다 밖에 나갈 몸이 준비되지 않았다.

근처 마트에 슬리퍼를 끌고 가는 정도는 가능하다. 아무리 뚱뚱해도 그 정도는 용납된다. 하지만 번듯한 식당에, 사람들이 넘치는 번화가에, 이런 몸으로 나갈 수는 없다. 하물며 방송국을. 대한민국에서 가장 바람직한 몸을 지닌 사람들로 넘쳐나는 그곳을. 이렇게 비루한 몸으로 오염시켜도 괜찮을까.

피디는 나와 함께할 패널로 전국비만인협회 대표와 최근 SNS에 연달아 비만인을 옹호하는 글을 올리며 최고의 혐오 대상으로 떠오르고 있는 '오백키로'를 섭외했다고 설명했다. 그 말을 하며 피디는 내게 연신 양해를 구했다.

"비만은 병이라는 주장을 할 패널로 섭외했으니까, 작가님하고는 반대편에 앉게 될 거예요. 너무 불쾌해하지 마시고요. 원하시면 투명한 칸막이로 분리해드릴 수도 있어요."

그렇다. 이 피디는 내가 뚱뚱할 거라고는 꿈에도 생각하지 않았다. 오히려 두 명의 비만인 패널로 인해 내가 불쾌해하지 않을까 걱정하고 있었다. 지금이라도 밝혀야 하지 않을까. 안 된다. 그러면 당연히 출연은 취소된다. 나는 집에서 쫓겨나거나, 아니면 월세 대신 살을 덜어내야 할 거다.

게다가 내가 방송에 나가려는 데는 한 가지 이유가 더 있었다. 점점 줄어들어 이제는 거의 제로에 가까워진 내 유일한 히트작, 《뚱뚱한 건 죄가 아니에요》의 인세. 방송에 나가면 분명 그 책은 다시 화제에 오를 것이고, 어쩌면 역주행 베스트셀러가 될지도 모른다. 내가 눈 딱 감고 비만은 죄라는 주장을 열렬히 펼치기만

한다면, 어쩌면 독자들은 나의 다른 소설들에 들어 있는 같잖은 오만함도 관대히 용서하고 그 책들을 읽어 줄지도 모른다. 어쩌면 나는 비만이라는 죄를 회개하며 다시 돌아온 탕자가 되어 일반인의 품에 안길 수 있을지도 모른다. 그럼 그들은 체계적인 식단과 운동 프로그램을 제공해 내 몸을 근육질로 바꾸어줄 것이다. 비만은 나태라는 죄를 범한 자에게 내려진 형벌이라는 걸 증명하기 위해.

방송 출연은 내게 주어진 놓칠 수 없는 마지막 기회였다.

*

최대한 깔끔하고 무난한 옷을 골라 입고 집을 나섰다. 방송국까지 가는 길은 순탄치 않았다. 못 볼 걸 봤다는 듯이 혐오스러운 표정을 지으며 시선을 돌리는 사람들은 그나마 나은 편이었다. 거리를 걸으며 나는 실내 수영장에서 오줌을 싼 사람처럼 부끄러워해야 했다. 내가 움직이는 경로를 따라 둥글게 물러나며 멀어지는 사람들을 보며 나는 내 몸속의 지방처럼 누런 물이 주위로 퍼져나가는 느낌을 받았다. 집 안에 처박혀 있을 것이지 어딜 처나오냐고 욕을 퍼붓는 사람도 있었다. 호기심 많은 아이들은 10미터 정도 거리를 두고 쫓아오며 나에게 소리를 지르는 것으로 자신의 용기를 과시했다.

가장 끔찍한 것은 대중교통이었다. 카드를 찍고 개찰구를 지나려는 나에게 역무원은 장애인용 개찰구를 이용하라고 소리를 질렀다. 폭이 충분히 되어 보였는데, 역무원은 내가 개찰구를 비비며 누런 흔적을 남길까 봐 두려웠던 모양이다. 일부러 러시아워를 피했는데도 지하철역에는 사람이 많았다. 그런데도 내가 줄을 서 있던 칸에 같이 타려고 하는 사람은 없었다. 스크린 도어가 열리고 지하철 안에 들어서자 서 있던 사람들은 마치 수류탄이 떨어진 것처럼 사방으로 밀려났다. 이미 자리를 잡고 앉은 사람들은 편한 자리와 비만 청정 구역 중 어느 쪽을 선택해야 하는지를 놓고 고민하는 기색이 역력했다.

나는 어쩔 수 없이 통로 중간에 어중간하게 서 있게 되었다. 양쪽 의자에 앉은 사람들이 행여나 내가 자기 쪽으로 다가갈까 봐 눈을 부라리며 노려보았기 때문이다. 흔들리며 달리는 지하철에서 중심을 잡고 서 있기는 쉽지 않았다. 근육이 긴장되자 땀이 났다. 이마에서 흘러내린 땀 한 방울이 바닥으로 톡 떨어졌다. 그걸 본 승객 한 명이 내가 바닥에 무슨 토사물을 쏟아내기라도 한 것처럼 비명을 지르며 자리에서 일어나 옆 칸으로 달아났다.

더 이상 중심을 잡고 서 있기 힘들었다. 주위를 두리번거리다 의자 한쪽 구석에 앉아 있는 뚱뚱한 여자를 보고 나는 반가움을 금하지 못했다. 그 옆에는 건장한 남자 한 명이 아무렇지 않다는 듯 앉아 있었다. 나는 여자의 용기와 남자의 포용력에 감사하며 기둥을 붙잡기 위해 그쪽으로 다가갔다. 남자의 표정이 험악해진 것보다 뚱뚱한 여자의 비명 소리가 먼저였다.

"꺄악! 여보!"

여자는 배를 붙잡고 턱을 덜덜 떨며 나와 눈을 마주치지 않으려 고개를 돌렸다. 그러고는 이렇게 중얼거렸다. 우리 애기. 어떻게 해. 우리 애기. 임산부였다. 애를 가졌을 때는 아름다운 것만 봐야 한다지. 끈적한 지방 덩어리들은 가까이 가지도, 쳐다보지도 말아야 한다지. 죄송하다는 사과를 하기도 전에 벌떡 일어나 앞을 가로막은 남자는 거침없이 내 배에 주먹을 날렸다. 아니, 주먹이 아니라 발이었던 것 같다. 아무리 화가 났더라도 내 배에 직접 손을 대는 건 불쾌할 테니.

"이봐! 당신 제정신이야? 그 꼴을 하고 공공장소에

나타난 것도 모자라서. 살이 찔 거면 방구석에 틀어박혀서 혼자 찔 것이지 어디 뻔뻔하게, 경찰에 신고하기 전에 당장 꺼져!"

뚱뚱한 사람을 보는 것만으로 태아에게 해가 갈 리는 없다. 그건 명백한 과학적 사실이다. 하지만 내가 그들에게 심리적인 위협을 가한 것 역시 명백한 사실이다. 나쁜 의도가 없었다고 해서 상대방이 입은 피해가 줄어드는 건 아니다. 나쁜 의도가 없었다고는 믿어줄까. 내 몸을 보는 사람들이 불쾌해하고 화를 내고 심지어 두려움을 느낀다는 걸 나는 분명하게 알고 있었다. 그걸 알면서도 이 몸을 끌고 밖에 나왔다. 왜? 돈을 벌기 위해서.

뚱뚱한 건 죄다. 차라리 이게 병이었으면 좋겠다.

*

쫓기듯 지하철에서 내린 나는 세 정거장을 걸어 방송국에 도착했다. 끔찍했던 지하철에서의 경험에 비하면 방송국의 분위기는 의외로 괜찮았다. 그러고 보면 방송국은 뚱뚱한 사람이 뚱뚱한 채로 직업을 구할 수 있는 몇 안 되는 곳 중 하나다. 아무리 비만인을 혐오하는 사람이라고 해도 지방 알갱이가 전파를 타고 날아오리라고는 생각하지 않았으니까. 화면 속의 뚱보들은 철창에 갇힌 맹수와 마찬가지로 위험하지 않았고, 가끔은 이런저런 용도가 있기도 했다. 그리고 제작진은 시청률을 위해서라면 비만인과 함께 일하는 위험 정도는 충분히 감수할 각오가 되어 있었다.

아무리 그래도 엘리베이터를 이용할 용기는 나지 않았다. 비상계단을 걸어올라 3층에 위치한 대기실을 찾아갔다. 똑똑. 문을 두드리고 들어가자 안에는 조각 같은 얼굴과 딱 좋은 정도의 체지방률을 갖춘 남자 하나가 앉아 있었다. 같은 남자가 봐도 반할 정도였다. 그 사람은 나를 보더니 깜짝 놀라며 자리에서 일어났다. 허둥지둥 인사를 하려던 나는 벌컥 열린 문에 등을 맞고 앞으로 고꾸라졌다.

"아, '오백키로' 씨? 대기실 여기 아니에요! 303호라고 안내 못 받으셨어요?"

굵은 눈썹을 찌푸리고는 나와 약간 거리를 두고 다급하게 외치는 사람, 그러니까 문으로 내 등을 밀어 넘어뜨린 사람의 목에는 이영미 피디라는 신분증이 걸려 있었다. 그런데 오백키로? 내가? 나는 재빨리 몸을 털고 일어서서 정중히 인사했다.

"안녕하세요. 처음 뵙겠습니다. 박태호라고 합니다."

이영미 피디는 잠시 동안 아무 말도 못 한 채 나를 멍하니 바라보기만 했다. 그러다가 당황한 얼굴로 우리를 바라보는 미남을 잠시 홀린 듯 쳐다보다가 다시 나를 바라보았다. 그러더니 누가 볼 새라 재빨리 문을 밀어 닫고는 머리를 감싸 안고 방을 빙빙 돌았다. 우리를 진정시키려는 듯 양팔을 뻗고 다독이는 자세를 취했지만, 정작 진정이 필요한 건 피디였다.

"자, 자. 정리 좀 해보죠. 이쪽이 박태호 씨라고요? 《뚱뚱한 건 죄가 아니에요》? 맞아요? 그럼 이쪽이?"

"안녕하세요. '오백키로'입니다."

적당히 굵고 미묘한 울림이 있는, 듣는 것만으로도 가슴이 떨리는 목소리가 흘러나왔다. 그 목소리와 오백키로라는 닉네임은 백만 광년쯤은 떨어져 있었다. 이영미 피디는 잠시 목소리에 취했다가 화들짝 정신을 차리고는 우리를 보고 무언가 알아챘다는 듯이 말했다.

"지금 두 분 저 놀리시는 거죠? 몰래카메라? 제가 피딘데? 지금 장난치실 시간 없고요. 방송 시작 얼마 안 남았거든요?"

결국 피디는 내 휴대폰에 남겨진 통화 기록을 보고 나서야 우리가 거짓말을 하고 있지 않다는 사실을 납득했고, 절망에 빠졌다. 나로서는 어느 정도 예상했던 일이다. 방송 직전에 섭외를 취소당하고 집에 돌아갈 각오도 되어 있었다. 물론 그 경우에도 우겨서 출연료의 일부라도 받아낼 계획이었다. 하지만 순간, 피디가 눈을 빛내며 손가락을 튕겼다.

"지금 이 그림으로는 절대 방송 못 나가고요. 특히 박태호 씨! 저한테 비만이라고 미리 얘기 안 하신 거. 이거 일종의 사깁니다. 손해 배상 청구까지 갈 수도 있어요. 이거 생방송이라고요! 방송 한 번 펑크 내면 돈이 얼마가 날아가는지 알아요? 그리고 오백키로 씨? 대체 무슨 생각으로 그런 글들을 올리신 거예요?"

"죄송해요. 그냥 아무 생각 없이 올린 글들이었는데. 섭외하실 때 차마 말씀을 못 드리겠더라고요."

"그런데 왜 여기 계신 거예요? 대기실. 303호로 안 내받으신 거 아니에요?"

"아. 그건…."

오백키로라는 어울리지 않는 닉네임을 달고 있는 미남은 금방 대답을 하지 못하고 망설였다. 피디는 말하지 않아도 알겠다는 듯이 인상을 찌푸리며 고개를 끄덕였다.

"그래요. 비만인 대표분하고 같은 대기실이죠? 이해

는 합니다. 하고요. 자, 어쨌든 방송은 가야 하잖아요? 그럼 답 나왔습니다. 두 분, 바꾸세요."

어리둥절해하며 서 있는 나와 오백키로에게 피디가 다시 한번 재촉했다.

"바꾸시라고요. 박태호 씨가 오백키로 씨고, 오백키로 씨가 박태호 씨를 해요. 지금은 그 방법밖에 없어요. 박태호 씨. 아직 얼굴 알려진 적 없죠? 앞으로도 특별히 알릴 계획 없으시죠? 그럼 그 얼굴, 여기 오백키로 씨 얼굴로 알려요. 제가 장담하건대,《뚱뚱한 건 죄가 아니에요》다시 베스트셀러 올라갑니다. 그리고 오백키로 씨, 어차피 본명 밝힐 것도 아니고, 오늘 비만인 대표 옆에 앉아 있기 싫으시죠? 그럼 여기 박태호 씨 자리에 앉아서 박태호 씨인 척 연기하세요. 책에 대한 얘기는 최대한 피해 갈 테니까, 그냥 비만이 죄라는 얘기 몇 번만 하시면 돼요. 아니, 아무 얘기 안 하셔도 돼요. 적당히 가끔 웃는 모습만 잡을 테니까. 박태호 씨는 비만이 병이라는 주장을 하셔야 되는데. 보니까 따로 연기할 필요도 없고 그냥 평소에 하시던 생각 그대로 말씀하시면 되겠네요. 설마, 비만이 죄라고 생각하고 계시진 않겠죠?"

"아. 네. 아닙니다. 그렇다고 병이라고 하기에도…."

"그럼 됐습니다. 박태호 씨, 아니 오백키로 씨. 303호 대기실 가서 분장 준비하시고요. 그리고 아이 씨, 그 옷. 아니다. 그 옷 그대로 가요."

*

"안녕하십니까. 생방송 극한토론의 조철호입니다. 오늘은 굉장히 뜨거운 주제를 준비했습니다. '비만, 과연 죄인가, 아니면 병인가'라는 주제로 한 시간 동안 치열한 공방을 펼칠 텐데요. 심도 있는 토론을 위해 비만인분을 직접 모시기로 했습니다. 민감하신 시청자분은 주의하시고요. 특히 아이가 있는 가정에서는 가급적 시청을 삼가해주시기 바랍니다.

자, 그럼 오늘 토론을 펼쳐 주실 여섯 분의 패널을 소개하겠습니다. 먼저, 비만이 죄라는 입장이신 세 분입니다. 한국대 법대 명예 교수이신 엄근안 교수님, 박수 부탁드립니다. 다음은 요즘 가장 핫한 아이돌이죠. 그룹 D.I.E.T.의 리더 리나 씨, 이런 딸 하나 있으면 참 좋겠어요. 그렇죠? 다음으로 베스트셀러 소설 《뚱뚱한 건 죄가 아니에요》의 작가이신 소설가 박태호 씨, 오늘 첫 방송 출연이시죠. 와, 박수 소리가 뭐. 정말 조각미남이시네요. 왜 지금까지 얼굴을 숨기셨는지 모르겠습니다. 오늘 잘 부탁드리고요.

다음, 비만이 병이라는 주장을 펼쳐주실 세 분입니다. 오늘 정말 어렵게 모셨는데요. 정신병리학 권위자이신 나학민 원장님, 보시다시피 비만이 아니신 데도 오로지 학문적인 관점에서 토론에 참여하시기 위해 나오셨습니다. 다시 한번 감사드리고요. 전국비만인협회 대표이신 신정애 씨 모셨습니다. 어려운 걸음 해주셨습니다. 마지막으로 요즘 우리나라에서 가장 혐오스러운 사람 1위로 뽑히셨다고 하는데, 저희가 본명은 밝히지 않겠습니다. '오백키로' 씨 모셨습니다. 자, 그래도 박수 좀 부탁드리겠습니다. 공정한 토론을 위해 너무 한쪽 의견에만 지지를 보내지 마시고 균형 있는 관점에서 지켜봐주시기 바라겠습니다.

먼저 엄근안 교수님. 비만이 죄다, 라는 입장이신데요. 설명 좀 부탁드려도 될까요."

"예. 한국대학교 엄근안입니다. 물론 현행법에는 비만죄라는 죄목은 없습니다. 하지만 비만을 규제할 수 있는 여러 조항이 있는데요. 먼저 경범죄 19호에 해당하는 불안감 조성입니다. 특히 공공장소에서 혐오감을 주는 부분이 여기 해당하겠죠. 뚱뚱한 사람을 보면서 혐오감이 드는 건 인간이라면 당연하게 느끼는 감정이 아닐까요. 다음으로 형법상의 협박죄가 적용될 수 있다는 의견도 있습니다. 뚱뚱한 사람이 다가오면 당연히 위협을 느끼게 되겠죠. 비만인 사람이 이를 알고도 누군가에게 다가갔다면 일종의 협박이 되는 겁니다. 만일 비만인 사람이 자신의 비만한 신체 일부를 의도적으로 노출했다면, 공연음란죄의 적용이 가능하다는 해석도 있습니다. 뚱뚱한 사람이 타인의 사업장에 머물렀다면 해당 시간 동안 다른 사람들의 접근을 방해한 셈이 되므로 업무 방해죄가 적용될 수도 있고요. 이처럼 많은 죄목이 적용될 수 있는데요. 그러다 보니 죄의 적용이나 형량 결정이 판사의 재량에 의해 이루어지는 부분이 있으므로, 하루속히 엄밀하게 규정된 비만죄를 신설하는 것이 혼란을 줄일 수 있는 방법이라고 봅니다."

"이게 무슨 소리야. 그럼 여기 나랑 이 오백키로가 죄인이란 말인가요? 그럼 어디 당장 잡아가봐요! 업무 방해되면 방송국에는 왜 불러다놨어요!"

신정애가 소리를 빽 질렀다. 방청석이 소란스러워졌다. 사회자가 서둘러 진정시키고 마이크를 신정애에게 넘겼다.

"자, 신정애 대표님. 엄근안 교수님은 비만이 분명

히 죄다. 이런 주장을 하고 계신데요. 대표님 생각은 좀 다르신 것 같습니다."

"네에. 제가 좀 흥분을 해서. 하지만 자기가 죄인이라는 데 발끈하지 않을 사람이 있겠어요? 저희 비만인들이 가장 힘들어하는 부분이 바로 그 부분이에요. 뚱뚱해서 가장 답답한 사람이 누구겠어요? 바로 자기 자신입니다. 제가 뭐 이런 몸을 갖고 싶어서 가졌겠습니까? 제가 고를 수 있었다면 저기 리나 씨처럼 예쁜 몸을 골랐겠지, 눈이 삐었다고 드럼통 같은 이런 몸을 고르겠어요? 안 그렇습니까?"

방청석에서 웃음이 터져 나왔다. 리나는 배시시 웃으며 꾸벅 인사를 했다.

"그러니까 제 말은, 저희도 피해자라는 겁니다. 우리가 왜 자꾸 먹습니까? 맛있는 게 있으니까 먹죠. 길거리 한번 나가보세요. 먹을 거 천지예요. 방송은 또 어떻습니까? 요리 프로에 맛집 소개에 광고까지. 그렇게 꼬드겨서 팔 때는 언제고, 내 돈 내고 먹고 나니까 이젠 죄인이라니, 제가 열 안 받게 생겼습니까?"

다시 한번 웃음이 터져 나왔다. 하지만 그 웃음은 공감의 웃음이 아니었다. 자신보다 모자란 사람을 보면서 흡족해하는, 안도의 웃음이었다. 리나가 손을 번쩍 들었다.

"아, 리나 씨, 손 드셨네요. 어떤 의견이십니까?"

"아 네. 저, 세상에 맛있는 게 너무 많다는 말씀에 저도 너무너무 공감하고요. 저랑 멤버들도 사실 연습하면서 제일 힘든 게 그거거든요. 먹고 싶은 건 너무 많은데 밥을 안 줘서. 그런데 그럴 때는요, 정말 먹고 싶은 걸 딱 한 입만 먹고요. 운동을 해요. 먹은 칼로리만큼요. 단 거 한 입 먹을 때는 좋은데, 그걸 운동으로 빼려면. 정말 입에서 단내가 날 정도로 운동을 해야 되거든요. 그러다 보면 에구 내가 미쳤지. 괜히 그걸 먹어가지고. 하고 후회도 되고요. 하여튼 정말 먹고 싶을 땐, 먹고 운동을 하면 되지 않을까 하는 게 제 생각입니다."

리나의 말을 귀가 아니라 눈으로 들은 남자 패널과 방청객들은 한 박자 늦게 박수를 쳤다. 리나는 혀를 빼쭉 빼물고는 다시 한번 인사를 했다. 나는 지금 내가 어떤 입장인지도 잠시 잊고 홀린 듯 리나를 바라보다가 퍼뜩 정신을 차렸다.

"역시 리나 씨 몸이 그냥 만들어진 게 아니군요. 그런데 리나 씨는 오늘 비만이 죄라는 입장이시잖아요? 방금 하신 주장도 살은 자신의 노력 여하에 따라 얼마든지 뺄 수 있다. 그러니 그렇게 하지 않은 게 죄다. 이렇게 정리할 수 있을 것 같은데요. 나학민 원장님, 어떻습니까. 리나 씨 주장, 맞는 겁니까?"

"허허. 네. 보통의 경우에는 맞습니다. 키나 얼굴 같은 건 노력으로 바꾸기 힘들지만 비만은 가능합니다. 노력을 하면 살을 뺄 수 있죠. 하지만 일부 사람의 경우에는 그게 아주 어렵습니다. 대표적으로 FTO 유전자라는 게 있는데요. 이 유전자에 변이가 생긴 사람은 일반인보다 식욕은 강한 반면 포만감은 잘 못 느낍니다. 그리고 지방 세포에서 에너지 소모도 잘 안 돼요. 들어오는 건 많은데 나가는 게 적으니 살이 찔 수밖에 없습니다. 그런 사람을 단지 노력이 부족하다고 죄인으로 몰아붙이는 건 너무 가혹해요. 저는 이런 사람을 일종의 장애인으로 받아들이고 국가에서 관리를 해야 한다고 생각합니다."

"맞아요! 나 좀 국가에서 관리해줘야 돼. 나 이렇게 살찐 거 보상해줘야 한다니까?"

신정애가 끼어들자 자동적으로 방청객의 웃음이 따라왔다. 웃음소리가 잦아들자 원장이 말을 이었다.

"그리고 더 큰 문제는, 이런 비만 장애가 단순한 신체적 장애로 그치는 게 아니라 정신적인 장애로까지 이어질 가능성이 매우 크다는 점입니다. 할 수 없는 걸 자꾸 하라고 하면 스트레스 받잖아요? 그러다 보면 그게 우울증이나 분노 조절 장애로 나타나게 되는 거죠."

"자, 우리 원장님께서 아주 좋은 말씀 해주셨는데요. 비만은 일종의 장애다. 어느 정도 공감이 가는 부분입니다. 이 부분에 대해서는 오백키로 씨가 할 말이 많을 것 같은데요, 오백키로 씨 어떻습니까. 아, 오백키로 씨가 어떤 분인지 잘 모르실 수 있어서 제가 좀 준비를 했는데요. 자, 여기 보시면 오백키로 씨가 그동안 SNS에 올렸던 글들인데요. 제가 좀 읽어 보겠습니다.

'뚱뚱한 것이 진정한 아름다움이다. 요즘 말라빠진 것들은 볼품이 없다.' 이런 말이 있고요. '먹고 싶은 것을 먹지 않고 운동하기 싫은 걸 억지로 하고, 싫은 것만 골라서 하는 변태들'이란 댓글도 다셨네요. '머리에 든 것도 없으면서 그저 배 속만 비우면 다인 줄 아냐, 이런 골빈 XX들.' 제가 일부 노골적 표현은 빼고 말씀드리는 겁니다. '남들이 하는 대로 아무 생각 없이 따라 하면서 자신과 다른 사람을 역겨워하는 새대가리들. 진짜 역겨운 건 너희들이야.' 뭐 이 정도로

하겠습니다. 어떻습니까, 오백키로 씨. 이거 다 본인이
올리신 거 맞죠?"

나는 이 오백키로라는 사람, 지금 내 앞에 서 있는
저 잘생기고 몸 좋은 남자가 올렸다는 글이 너무 공감
되고 또 익숙한 느낌을 주는 데 놀랐다. 사실 거친 표
현을 빼고 나면 평소 내가 속으로 하던 생각과 크게
다를 게 없었다.

"아. 네. 맞습니다. 제가 올린 겁니다."

내가 대답하자 방청석에서 우우 하는 소리가 들렸
다. 리나가 징그러운 벌레를 보듯 눈살을 찌푸리며 나
를 째려보았다. 엄근안이 혀를 끌끌 차며 한마디 했다.

"병자가 맞구만. 비만이 병이라는 것도 맞는 말이
야. 오늘 그쪽이 이긴 거로 하십시다!"

다시 방청석에서 웃음이 터졌다. 나는 그제야 오늘
방송의 구도가 눈에 들어왔다. 이건 토론이 아니었다.
신정애와 오백키로를 불러 공개적으로 망신을 주고,
저 원장이라는 사람이 사실은 이들이 깊은 병을 앓고
있는 거라며 위로하면, 시청자들은 비만인에 대해 신
체적, 정신적 우월감은 물론 감성적인 우월감까지 느
끼며 만족스러워한다. 이것이 오늘 방송의 각본이었
다. 생각해보면 이 신정애라는 사람도 수상했다. 전국

비만인협회라는 곳이 있기는 한가?

나는 갑자기 오기가 생겼다. 한때 하늘을 찔렀던, 그 거지 같은 자존심이 다시 한번 발동했다. 비만이 죄라고? 병이라고? 그래, 좀 보기 안 좋은 건 인정한다. 그럼 너희의 무지와 가식은 뭔데? 좋아, 오늘 한번 제대로 붙어보자. 전쟁이다, 오늘!

"아. 저는…. 저기요. 아, 저는 비만이 죄도 병도 아니라고 생각합니다!"

예상치 못한 나의 발언에 세트 안이 일순 조용해졌다. 피디가 나를 향해 다급하게 손을 움직이며 조용히 하라는 제스처를 했다. 이건 생방송이다. 정적을 몰아내려는지 사회자가 재빨리 말을 받았다.

"아, 오백키로 씨. 오늘 비만이 병이라는 주장을 하려고 나오신 줄 알았는데요. 역시 좀 자극적인 걸 좋아하시는 모양입니다. 한번 들어보죠. 죄도 병도 아니면, 대체 뭘까요?"

"저는, 비만은 선택이라고 생각합니다. 개인의 선택이요. 개인의 몸은 온전히 그 개인의 것이며, 다른 사람이 침범할 수 없는 자유의 영역에 있습니다. 몸이 말랐건 뚱뚱하건, 그건 그 개인의 자유입니다. 죄도 아니고, 병도 아니라고요."

피디는 말을 끊으라는 신호를 계속해서 사회자에게 보냈지만, 엄근안 교수가 발끈하며 받아치는 게 좀 더 빨랐다.

"개인의 자유 좋습니다. 그런데 그 자유가 다른 사람의 자유를 침해할 때는 어떻게 됩니까? 뚱뚱한 게 그렇게 좋으면 집에 혼자 있으면 됩니다. 제가 그것까지 죄라고 하는 게 아니에요. 사람에게는 보기 싫은 걸 보지 않을 자유가 있습니다. 뚱뚱한 사람이 신체의 자유를 위해 길거리에 나가면 거기 있는 사람들은 시선의 자유를 박탈당한다는 겁니다. 이런 경우에는 사회 통념을 기준으로 판단할 수밖에 없어요. 뚱뚱한 사람 하나의 자유를 제한하는 게 수많은 다른 사람들의 자유를 제한하는 것보다 사회적으로 이익이라면 그렇게 해야 하는 거죠."

"개인의 자유를 제한하는 건, '명백 현존 위험의 법칙'에 따라야 합니다. 교수님도 잘 아시겠죠. 뚱뚱한 사람이 밖에 나가는 것이 명백하고 현존하는 위험입니까? 뚱뚱한 사람이 어떤 위험을 가합니까? 아까 경범죄 중 불안감 조성을 언급하셨죠. 뚱뚱한 사람이 어떤 불안감을 조성합니까? 육체적인 위해입니까? 뚱뚱한 사람이 더 폭력적이라는 합리적인 근거가 있습니까?"

교수가 움찔했다. 내 입에서 명백 현존 위험이라는 단어가 나올 줄 몰랐겠지. 날 우습게 본 거다. 그러니 다수의 이익이라는 질 낮은 논리로 편하게 날 공격했겠지. 그가 머뭇거리는 사이 리나가 나섰다.

"뚱뚱한 사람을 보면, 불안한 건 사실이잖아요. 나도 같이 뚱뚱해질 것 같고. 우리가 다이어트 할 때 몸매 좋은 언니들 사진 붙여놓지 뚱뚱한 사람 사진 보면서 다이어트를 하진 않거든요. 그리고 아까 원장님이 뚱보 유전자도 있다고 그러셨잖아요. 그거 혹시 옮는 거 아니에요? 저 정말 죽을 정도로 노력해서 이렇게 살 뺀 건데, 뚱뚱한 사람 만나서 그게 다 물거품 되면 그거야말로 명백하고 현존하는 위험이죠!"

방송을 시작한 이래로 가장 큰 박수 소리가 방청석에서 터져 나왔다. 논리적으로 하나도 말이 되지 않는 소리다. 원장을 힐끗 보니 유전자가 옮는 게 맞느냐고 자신에게 질문할까 봐 당혹해하는 눈치였다. 하지만 수많은 방청객은 이미 리나의 논리에 공감하고 있었고, 그건 아마 방송을 보는 시청자도 마찬가지일 것이다. 적어도 그들의 공포감만큼은 명백하고 현존했다. 기세에 눌린 틈을 타서 교수도 몰아붙였다.

"리나 씨 말 잘했어요. 명백 현존의 위험이라는 게

꼭 신체적인 공격을 필요로 하는 게 아니에요. 대표적인 예가 아까 저, 오백키로? 씨가 썼다는 그 글입니다. 만약에 그 글들이 불특정 다수가 아니라 특정인을 대상으로 쓰인 거라면 명백한 명예훼손입니다. 고소만 하시면 바로 수사 들어갈 수 있어요."

"자, 자, 너무 흥분들 하지 마시고요. 아직 한 번도 발언을 안 한 분이 계신데, 소설가 박태호 씨. 여주인공이 뚱뚱한 악당을 처치하는 소설을 쓰신 걸로 유명하신데요. 어떻습니까. 아까 나학민 원장님께서 비만은 장애로 봐야 한다는 주장을 하셨는데요. 장애로 인해 뚱뚱해진 악당도 처치하는 게 맞을까요? 그 소설의 주인공이라면 어떻게 할 것 같습니까?"

너무 나갔다고 생각했는지 사회자는 능숙하게 엄근안 교수의 말을 끊고 논의를 다시 내가 말하기 이전으로 돌려놓았다. 얼굴이 시뻘게진 피디는 입술을 깨물며 박태호, 그러니까 오백키로에게 넘어간 마이크를 노려보았다. 제발 쓸데없는 말은 하지 말기를, 미친놈은 저 뚱보 소설가 하나로 족해. 그런 생각이 표정에서 뚝뚝 떨어졌다.

마이크를 입으로 가져가는 그를 보며 나는 일말의 희망을 걸었다. 뚱뚱한 사람이 하는 말에는 설득력이 없다. 내가 아무리 논리적이고 빈틈없는 주장을 펼치더라도 사람들은 내 말을 믿지 않는다. 하지만 저 사람이라면 다르다. 저런 조각 미남이 비만을 옹호하는 주장을 해준다면 사람들의 생각이 바뀔 수도 있다. 내 억측일 수도 있지만 그가 SNS에 올린 글들은 단순한 욕설이 아니었다. 비만 혐오의 부조리함을 제대로 짚은 부분이 분명히 있었다.

"아. 네. 제 소설의 주인공이라면 그냥 다 쏴버리겠죠. 뭐, 소설은 소설일 뿐이지만요."

그가 무슨 말을 하는지는 중요하지 않았다. 단지 그의 꿀 같은 목소리만으로, 방청석이 술렁였다. 리나도 눈이 휘둥그레졌다. 그의 목소리는 복음이었다. 그가 이루어지리라 하고 말하기만 하면 뭐든 진짜로 이루어질 기세였다. 그래, 아무래도 좋다. 제발 한마디만. 비만은 죄도 병도 아니고 그냥 선택일 뿐이라고.

"제 소설의 악당은 모두 죄악을 형상화한 것인데요. 나태, 탐욕, 식탐, 정욕, 시기 그리고 교만과 분노까지. 그런 죄들이 악당의 뚱뚱한 몸으로 표현되죠. 여주인공이 날린 총알에 의해 그런 죄악이 파헤쳐질 때 독자들은 쾌감을 느끼고⋯."

"네가 뭘 알아!"

결국 나는 참지 못하고 소리쳤다. 내 소설은 그런 소설이 아니다. 나는 일곱 가지 죄를 악당은 물론이고 악당을 혐오하는 주인공과 주변 사람에게도 골고루 심어놨었다. 모두가 죄인이었다. 그 죄에 눈감고 오로지 악당의 뚱뚱한 외모에 모든 비난을 돌리는 얄팍한 눈속임, 그걸 비판하고자 하는 게 내 소설이었다. 그런데 저 얼굴만 번드르르한 녀석이 뭘 안다고.

"그 소설, 내가 썼어! 내가 박태호라고! 넌 오백키로잖아! 혐오 대상 1위!"

피디가 털썩 주저앉았다. 방청석이 술렁댔다. 패널들은 당황했고 사회자도 어떻게 수습해야 할지 몰라 난감한 표정이었다. 명령만 떨어지면 날 끌어내기 위해 스태프들이 몰려와 대기했다. 그 상황을 진정시킨 건 오백키로의 목소리였다.

"제가 쓴 소설에…, 읽어 보신 분은 아실 겁니다, 분노를 형상화한 악당이 나오죠. 지금 그 모습을 눈앞에서 보고 있는 것 같네요."

"거짓말! 지금 이 사람들이 하는 거 다 거짓말입니다! 원장님, 원장님은 왜 가만히 있으세요? 아까 리나 씨가 비만 유전자가 옳는 거 아니냐고 했을 때, 학자로서 바로잡아 줬어야 하는 거 아닙니까? 유전자가 어떻게 옳습니까? 그런 것도 모르고 박수를 쳐대는 저 방청객들에게 진실을 알려줘야죠. 그리고 교수님, 정말 비만이 죄가 될 수 있다고 생각하시나요? 법을 공부하신 분이 그런 주장을 하실 수 있는 겁니까? 신정애 씨? 대표라고요? 전국비만인협회라는 게 있기는 합니까? 전 처음 들어보는데요? 그리고 박태호, 아니 오백키로! 당신이 그 소설을 썼다고? 읽어보기나 했어? 주인공 이름이나 알아?"

사람들의 시선이 오백키로에게 집중되었다. 어서 저 미친 뚱보를 물리치고 이 지옥 같은 상황을 구원해주기를 바라는 눈초리였다. 그는 표정 하나 바꾸지 않은 채, 차분하고 매력적인 목소리로 내 질문에 대답했다. 그 목소리를 듣는 순간 눈앞이 캄캄해졌다. 내가 졌다.

"미카엘라죠. 대천사의 이름. 악당들은 픽, 아바, 굴라, 렉시, 아인비, 수퍼, 아이라. 일곱 가지 죄악의 라틴어에서 따온 이름입니다. 오래전에 쓴 글이라 기억이 가물가물했는데 오백키로 씨를 보고 있자니 소설 쓸 때의 감정으로 되돌아가 생생하게 떠오르네요. 지금 오백키로 씨의 모습은 마치 제 소설 속의 수퍼와 아이라를 합쳐놓은 것 같습니다. 원장님, 어떻습니까? 지금 오백키로 씨의 모습, 전형적인 분노 조절 장애 아닌가요?"

방청객들은 안도했고 피디는 눈물까지 흘리며 오백키로, 아니 여기서는 박태호가 차분하게 사태를 수습해준 것에 감격했다. 저 작자는 어떻게 내 소설을, 이제 나도 잘 기억이 안 나는 악당들의 이름까지 기억하고 있는 거지? 혼란스러워하는 동안 마침내 자신의 자리를 찾은 원장이 목소리를 가다듬고 말했다.

"네 맞습니다. 그뿐 아니라, 피해망상이나 과대망상, 본인이 다른 사람이라고 믿는 해리성 장애도 나타나고 있어요. 즉시 치료가 필요한 상황이라고 할 수 있습니다."

"치료도 치료지만 자기가 저지른 죗값은 치러야죠. 온갖 끔찍한 일은 다 저질러놓고 미친 척만 하면 심신미약이라고 감형되는 거, 이거 저는 현행법에 문제 있다고 봅니다. 감경 사유를 좀 더 명확하게 규정해야 해요."

"이런 사람 때문에 동정받아야 할 우리 뚱뚱한 사람들이 흉악범으로 오해받는 거라고요. 비만인으로서 정말 부끄럽습니다."

다시 한번 박수가 나왔다. 이번만큼은 신정애에게

공감하는 박수였다. 진심으로 한 말은 아닐 테니 공감이라고 할 순 없겠지만. 저 방청객들의 생각은 진심일까. 오해와 무지에서 나온 감정도 진심이라고 할 수 있을까.

그게 중요한 게 아니었다. 나는 전 국민 앞에서 미친놈이 되었다. 혐오스럽고 흉악한 뚱보. 오백키로가 그의 매력적인 목소리로 발사한 총알은 내 배를 꿰뚫으며 피와 지방 조각을 사방에 흩뿌렸다. 진짜는 아니지만 전 국민의 눈에는 명백하게 보이는 누런 지방 조각을.

진실을 밝혀야 한다. 저자는 박태호가 아니다. 신분증. 휴대폰. 저자의 주머니 어딘가에 신분을 밝힐 증거가 있을 거다. 이건 생방송이다. 그걸 빼내 카메라에 들이대기만 하면 녀석의 정체는 들통난다. 나는 나도 모르게 패널석을 박차고 나가 그에게 달려들었다.

상황은 최악으로 전개되었다. 물론 내 입장에서 최악이었다. 리나가 그 녀석을 보호하겠다고 앞으로 튀어나왔다. 당황한 내 발이 꼬여 앞으로 넘어지면서 리나를 덮쳤다. 사람들의 비명이 세트장을 뒤덮었다. 넘어진 리나의 무릎에서 새빨간 피가 배어 나왔다. 그 녀석이 재빨리 리나를 부축했다. 나는 일어설 틈도 없이 스태프들에게 질질 끌려 나왔다.

생방송은 대성공이었다.

*

나는 팔이 꽁꽁 묶인 채 대기실로 집어 던져졌다. 어디로 끌려갈까. 경찰서? 병원? 노크 소리와 함께 대기실 안으로 들어온 것은 오백키로였다. 절망감과 패배감에 휩싸인 나는 화를 낼 기운도 없었다.

"대체 왜 그러셨어요? 그렇게까지 안 하셔도 되는데."

"당신이야말로 대체 정체가 뭐야? 어떻게 내 소설을 그렇게 잘 알지?"

"팬이었으니까요. 근데, 정말 모르겠어요? 내가 SNS에 올린 글들? 전부 작가님 소설에서 베낀 건데."

오백키로가 다정하게 웃으며 말했다. 그 말을 듣고서야 그가 올렸다는 글을 보며 느꼈던 공감이 이해되었다. 나는 머리를 얻어맞은 것 같은 충격에 빠졌다. 그 말들은 내 소설의 악당이 다른 등장인물에게 던졌던 뼈 있는 독설들, 내가 암시랍시고 심어놨던 작은 자존심들이었다.

"근데 어떻게… 당신같이 생긴 사람이…."

"이거 실망인데요. 작가님이 그렇게 말씀하실 줄 몰

랐는데. 외모와 신념이 상관이 있나요? 자, 잠시, 신분증 좀 줘보세요. 저도 보여드릴게요."

오백키로가 먼저 자신의 신분증을 내밀었다. 다정한 목소리에 홀렸는지 나는 어리둥절한 상태로 순순히 지갑에서 신분증을 꺼냈다. 박태호라고 쓰인 이름 옆에 지금과는 많이 다른, 하지만 여전히 뚱뚱한 과거의 내 얼굴이 붙어 있었다. 그리고 오백키로의 신분증을 확인했다. 오길호. 그 옆에 붙어 있는 사진은, 역시 지금의 그와는 많이 다른, 아니 완전히 다른, 게다가 뚱뚱한 사내의 얼굴이 붙어 있었다. 그 사진은 지금의 그보다 오히려 나하고 더 닮아 있었다. 오백키로는 혼란스러워하는 내 손에서 신분증을 채 가고는 자신의 신분증을 쥐여주었다. 그러고는 내 신분증을 자신의 주머니 속으로 집어넣었다.

"뭐 하는 짓이야? 내 신분증, 어서 내놔!"

"작가님 소설을 처음으로 읽었을 때, 저는 그 신분증에 있는 모습이었어요. 뚱뚱했죠. 저는 작가님의 소설 구석구석에 있는 암시들을 모두 이해했습니다. 열광적인 팬이 되었죠. 그런데 참, 사람들 반응이란 게, 어이가 없더군요. 비만의 죄악성을 통렬하게 비판한다고요? 사람들, 바보 아닙니까?

솔직히 작가님께도 실망했습니다. 왜 그게 아니라고 말을 못 하신 거죠? 알량한 인세 때문에? 아니 뭐, 알량하다고 표현하면 안 되겠군요. 그게 저를 바꿨으니까요. 전 결심했습니다. 세상을 바꾸지 못한다면 세상을 이용하겠다고요. 이렇게 무지하고 단순한 세상이라면 이용하는 것도 쉽지 않겠습니까? 전 성형을 했습니다. 살을 빼고 몸을 만들었죠. 다행히 그 정도 돈은 있었습니다. 시간도 있었고요. 무엇보다 결정적으로, 자존심을 버렸습니다.

아까 대기실에서 사실 전 작가님을 기다리고 있었습니다. 제 오랜 우상이었던 작가님을 직접 뵐 수 있다는 생각에 가슴이 떨리더라고요. 그런데 방에 들어온 작가님 모습이. 제 상상과는 너무 다르더군요. 전 솔직히 이해가 안 됐어요. 그렇게 세상을 잘 이해하고 계시는 작가님이, 왜 본인 스스로는 부적응자로 살아가고 계신 거죠?

피디가 신분을 바꾸라는 제안을 했을 때, 저는 이게 내게 주어진 기회라고 생각했습니다. 몸을 바꾸는 건 생각보다 어렵지 않았어요. 마음을 다잡는 게 진짜 어려웠죠. 내가 왜 이렇게 해야 하나. 왜 나의 생각, 개성, 믿음, 신념을 모두 버리고 마음에도 들지 않는 시류에 편승해야 하나. 그런 생각이 끊임없이 비집고 올라왔죠. 꾹 참고 전 이겨 냈습니다. 그래서 남들이 좋아하는 몸을 갖게 됐죠.

그런데 남들이 좋아하는 머리를 갖는 건 어렵더라고요. 저도 작가님처럼 소설을 써보려고 했어요. 근데 그거 참 재능이 필요하더라고요. 아무리 해도 사람들의 마음을 울리는 글을 쓸 수 없더란 말입니다. 작가님을 질투하기도 했습니다. 그런데 이런 기회가 올 줄이야. 이제 전 박태호로 살 생각입니다. 그런다고 해서 작가님처럼 멋진 소설을 다시 쓸 수는 없겠지만, 소설가로서의 삶을 살 순 있겠죠.

그런데 참. 작가님은 그런 재능을 갖고 계시면서. 몸하나만 남들이 원하는 대로 맞춰주면 되는 건데, 그까짓 게 그렇게 어려웠습니까? 자존심이 그렇게 대단했어요? 아무도 알아주지 않는 자존심, 그게 그렇게 소중합니까? 결국 여기까지 떠밀려 와서 자기 손으로 내던지게 될 그 자존심이?"

내가 왜 다시 오백키로, 아니 박태호에게 덤벼들었는지 모르겠다. 나는 그냥 짐승이었던 것 같다. 자존심마저 잃어버린 짐승. 시끄러운 소리를 듣고 사람들이 몰려들었다. 사실 그 사람들의 도움도 필요 없었다. 내가 그를 덮치고 버둥대는 동안 그는 유유히 내 주머니를 뒤져 휴대폰을 빼내고 있었으니까. 그는 사람들이 날 떼어내주기를 기다리며 자신의 휴대폰을 바닥에 던져놓고는, 여유 있게 일어나 나에게 윙크를 남기고 대기실을 빠져나갔다.

그 뒤로 오백키로, 아니 박태호에게 일어난 일은 놀라우면서도 허탈했다. 단지 신분증을 바꾸는 것만으로 다른 사람이 될 리는 없다고 믿었다. 물론 그건 사실이다. 신분증만으로 신분을 바꿀 수는 없다. 하지만 온 세상이 그걸 원한다면 얘기는 달라진다.

세상은 오길호가 박태호이기를 원했다. 그래서 그렇게 되었다. 주민등록증에 등록된 지문조차 담당자의 실수라는 간단한 사유로 변경되었다. 내가 출판사와 연락할 때 쓰던 이메일과 심지어 은행 계좌까지 해킹이 의심된다며 정지되었다. 나를 증명해주던 모든 것들이 너무도 손쉽게 오길호의 손에 넘어가버렸다.

내가 알고 지내던 사람들도 내 편이 아니었다. 나의 실물을 알고 있는 몇 안 되는 친구들 중 누구도 내가 박태호라는 사실을 인정해주지 않았다. 그보다는 자신이 과거에 알던 뚱보 박태호가 살을 빼고 새사람이 되었다는 스토리를 훨씬 마음에 들어 했다. 다른 걸

다 떠나서 부드러운 목소리를 지닌, 이제는 유명인이
된 조각 미남과 같이 술잔을 기울이는 친구라는 현실
에 더할 나위 없이 흡족해했다.

심지어 내 부모님조차도 그를 인정했다. 연락도 끊
고 사는 뚱보 아들보다는 남들에게 자랑할 수 있는 낯
선 아들이 더 나았나 보다. 함께 예능 프로에 출연해
활짝 웃는 부모님의 모습을 보며 나는 내가 나라고 주
장하기를 포기했다.

피디가 장담한 대로 《뚱뚱한 건 죄가 아니에요》는
다시 한번 베스트셀러가 되었다. 그 소설뿐 아니라, 내
가 그 뒤로 썼던 몇 권의 소설 역시 차례대로 베스트
셀러에 이름을 올렸다. 기분 나쁠 정도로 시니컬한 비
만 옹호도 조각 같은 외모의 소설가가 쓰면 따뜻한 포
용이 되고 자비로운 손길이 되었다.

더 놀라운 건 그가 그 뒤로 쓴 소설, 그러니까 내가
아니라 그가 쓴 소설마저 베스트셀러가 되었다는 사
실이다. 나는 인정할 수 없었지만, 그가 쓴 소설은 사
람들의 마음을 울렸다. 읽은 사람들이 자신의 마음이
울렸다고 고백하는데 반박할 방법이 없었다. 다들 그
렇다고 하니 심지어 나조차도 나의 안목을 의심하게
될 지경이었다.

그래, 그렇다고 치자. 세상이 그렇게 한통속이 되었어도 나는 꿋꿋하려고 했다. 오길호가 내 모든 걸 빼앗아 갔어도 내 정신만큼은 온전히 내게 남아 있다. 오직 그것만 남았기 때문에 나는 더더욱 나의 자존심을 포기할 수 없었다. 나는 여전히 날카로운 눈으로 냉정하게 세상을 바라볼 수 있다. 세상이 다 아니라고 해도 나는 나의 관점을 포기하지 않을 것이다. 아무도 알아주지 않아도 상관없다. 그렇게 살아가려 했다.

하지만 그가 리나와의 결혼 발표를 했을 때, 나는 더 이상 내 속물근성을 감출 수 없었다. 결혼 발표를 하는 리나는, 이제 갓 스무 살이 되었을 때의 풋풋함과 순수함에 몇 년의 세월 동안 쌓은 지성까지 갖추고 있었다. 만일 내가 이 알량한 자존심을 버리면 리나 같은 멋진 여자와 만날 수 있다는 걸 미리 알았다면, 나는 1나노초의 망설임도 없이 그 길을 선택했을 게 분명하다. 나는 머리를 쥐어뜯고 방바닥을 데굴데굴 구르며 오길호를 부러워했다. 진실? 자존심? 지성? 양심? 세상을 바라보는 냉철한 눈? 그딴 걸 어디다 쓰는데?

그리고 거기서 내 모든 건 알 수 없어졌다. 나는 정신 나간 사람처럼 킥킥거리며 컴퓨터를 켜고 키보드를 두드리기 시작했다. 소설 속의 박태호를, 그러니까 과거의 나를 비웃고 경멸하고 조각조각 난도질했다. 마음껏 욕망하고 부러워하고 가질 수 있는 건 전부 가졌다. 세상에는 진실이 있겠지만, 그리고 어딘가에 정의도 있겠지만, 그게 내 몫이어야 할 하등의 이유를 찾을 수 없었다.

새로 연재를 파고 퇴고도 안 한 글을 올렸다. 부자가 되는 꿈을 꾸며 잠든 나는 다음 날 일어나 처참한 조회수와 악플을 확인하고는 다시 한번 키득거렸다.

일란성

주말을 앞둔 금요일의 아침은 식용유를 살짝 두른 잘 달궈진 프라이팬에 계란을 하나 깨어 넣는 것으로 시작되었다. 차르르 소리와 함께 납작하게 퍼진 계란에는 샛노란 노른자가 두 개 들어 있었다. 뜻밖의 수확이라며 좋아하는 사람도 있겠지만 동민은 그렇지 않았다. 예상을 벗어난 일은 그에게 항상 안 좋은 결과를 가져왔다. 희멀건 흰자에 박혀 있는 두 개의 노른자가 마치 자신을 바라보는 눈동자 같아서 동민은 살짝 몸을 떨었다. 그건 더 이상 예상했던 계란 프라이가 아니었다. 몽글거리며 굳어가는 계란을 뒤집개로 들어내려다 그만 덜 익은 노른자를 터뜨려버렸다. 두 개의 노른자에서 터져 나온 노란 액체가 기름 위에서 하나로 뒤섞였다.

입맛이 떨어진 동민은 가스레인지의 불을 끄고 흰색과 노란색이 볼품없이 뒤섞인 계란 프라이를 그대로 싱크대에 털어 넣었다. 뜨거운 기름에 닿은 철판이 우그러지는 소리와 함께 덜 익은 노란 물이 배수구로 흘러 들어갔다. 좋지 않은 일이 생길 징조일까. 문득 주말에 잡혀버린 소개팅 약속이 생각났다. 그 또한 동민의 예상을 벗어난 일이었다. 오후에 갑작스럽게 동민을 부른 부장은 선심 쓰듯 소개팅을 주선해주었다. 말이 주선이지 일방적인 통보였다. 누군가가 펑크 낸 자리를 메꾸는 일인 게 뻔했지만 동민에게 거절할 자유는 없었다.

하지만 진짜 문제는 다른 곳에서 터졌다. 퇴근 준비를 하고 있는데 전화가 한 통 걸려 왔다. 고향에 계신 어머니였다. 부모님이 계신 철원과 동민이 사는 서울은 한 시간도 안 걸리는 거리였지만 동민은 마치 다른 대륙에 사는 사람처럼 전화로만 띄엄띄엄 마지못해 연락했다. 동민을 탓할 수는 없는 일이었다. 스스로 앞가림을 하게 된 이후로 가족은 단 한 번도 동민에게 도움이 되지 않았고 그저 동민의 삶을 흩트려놓기만 했

다. 이번에도 역시 어머니는 동민에게 5천만 원을 요구
했다.

"뭘 또 빚까지 내서 사기를 당했단다. 다단곈지 뭔
지. 내 열통이 터져서 자초지종은 듣지도 않았다. 보나
마나 또 지 주제도 모르고 젊은 여자 꽁무니 쫓아다
니다가 사달이 난 게지. 한 달 내로 못 갚으면 집이 넘
어간다는데 난 더는 모르겠다. 저 화상 죽으면 이 집
니가 물려받을 거니까 갚아서 살리든지 그냥 경매로
넘기든지 니가 알아서 해라."

항상 이런 식이었다. 5천만 원이 끝이 아니란 걸 동
민은 잘 알고 있었다. 생각해볼게요. 동민은 최대한 감
정을 드러내지 않고 전화를 끊었다. 돈 때문이 아니다.
물론 5천만 원은 큰돈이다. 하지만 동민은 5천만 원이
날아가는 것보다 예상치 못하게 흔들리는 삶이 더 참
기 힘들었다.

아버지는 젊었을 때부터 난봉꾼으로 유명했다. 갖
다 바친 돈에 사기당한 돈에 물어준 돈에. 돈도 돈이
지만 어디서 그렇게 몹쓸 병을 옮아오는지 어머니까지
병원을 들락거리게 만드는 걸 몇 번이나 봤다. 망신도
줘보고 윽박도 질러보고 무당을 불러다 굿까지 했지
만 그 바람기는 고쳐지지 않았다. 어머니가 동민에게

유독 냉랭한 이유는 아버지를 꼭 닮은 외모 때문인지
도 모르겠다.

"너도 처신 잘하고 다녀라. 그 피가 어디 가니."

아버지는 어머니에게는 병을 옮기고 동민에게는 유
전자를 물려줬다. 바람을 피우는 성향이 유전자에 새
겨져 대대로 물려 내려온다는 게 과학적으로 증명되
었는지는 모르겠다. 사실이든 아니든 동민은 다른 사
람과 얽혀 풍파를 일으키는 아버지를 보며 자신도 그
럴지 모른다는 두려움에 사로잡혀 학창 시절을 보냈
다. 나는 절대 다른 길로 빠지지 않으리라. 동민은 다
짐하고 다짐했다. 한 번 결혼하여 죽을 때까지 함께
살 사람이 아니라면 연애조차 시작하고 싶지 않았다.
동민은 어머니의 푸념이 더 길어지기 전에 전화를 끊
었다.

분명 어디서 술을 퍼마시고 있을 게 분명한 아버지
가 밤늦게까지 들어오지 않으면 어머니는 그 썩을 놈
어디 가서 확 죽어버렸으면 좋겠다고 입버릇처럼 떠들
며 닿는 곳마다 신경질을 쏟아 부었다. 그럴 때면 동민
은 이불을 뒤집어쓰고 오지도 않는 잠을 청하며, 비틀
거리는 다리로 계단을 걸어 오르다 굴러떨어지는 아
버지와, 강도에게 퍽치기를 당하고 차가운 길바닥에

버려지는 아버지를 상상했다. 아버지가 싫었지만 아버지가 죽는 것도 싫었다. 서울에 있는 학교에 다녀야 한다는 핑계로 고등학교 때 일찌감치 자취를 시작하고 나서야 동민은 겨우 마음의 평화를 찾았다.

그렇게 가족에게 진저리를 치면서도 혼자 살고 싶지는 않았다. 오히려 더 간절하게 정상적이면서도 완벽한 가족을 만들고 싶었다. 무슨 일이 있어도 서로를 배신하지 않는 부부와 부모를 반씩 닮은, 아빠에게 물려받은 유전자와 엄마에게 물려받은 유전자를 모두 자랑스러워하는 아이로 이루어진 단단한 가족, 그리고 그 가족이 머물 누구도 건드릴 수 없는 집을 얻는 게 동민이 살아가는 목표였다.

"부모님 집 나와서 혼자 살고 취직해서 돈 번다고 독립하는 게 아니야. 결혼해서 새로운 가정을 꾸려야 진짜로 독립을 하는 거지. 괜찮은 사람 있으니까 한번 만나나 봐."

부장이 변명처럼 늘어놓은 훈계 중에서 적어도 그 말만큼은 동민도 고개를 끄덕였다. 그래 5천만 원. 통장에 돈은 있었다. 퀴퀴한 반지하 방에 살며 동민이 악착같이 모은 돈. 대출을 최대한 당겨 더하면 변두리에 작은 아파트를 구할 수 있는 돈이었다. 내 집. 누구도 건드릴 수 없는 나만의 집. 앞으로 영원히 다른 사람이 건드릴 수 없는 동민의 공간이라고 세상의 법률이 보장하는 그만의 성. 아무리 초라해도 상관없었다. 그런 공간에서 문을 잠그고 들어앉아 그 어떤 세상의 촉수도 비집고 들어올 수 없는 진공 상태를 느끼는 게 동민의 꿈이었다.

5천만 원을 보내면 나만의 집을 갖겠다는 동민의 꿈은 그만큼 멀어진다. 하지만 어머니의 요구를 거절하기 힘들었다. 어머니가 그렇게 속을 썩이는 아버지를 떠나지 못한 건 결국은 동민 때문일지도 모른다. 지금까지도 아버지와 아버지가 치고 다니는 사고를 감당하는 일은 온전히 어머니의 몫이다. 그나마 잘 찾아뵙지도 않는다는 죄스러움을 동민은 가끔 보내드리는 돈으로 갚고 있는 셈이었다. 혼자 사는 것만으로는 가족으로부터 독립할 수 없었다. 부장의 말대로 결혼해서 새로운 가정을 꾸리면 독립할 수 있을까.

그렇게 생각하면 부장이 주선한 소개팅이 동민에게 뜻밖의 탈출구가 될지도 모를 일이다. 동민은 억지로라도 그렇게 생각하며 바닥난 사회성을 끌어 올렸다. 하지만 동민의 예상을 벗어나는 일은 그게 끝이아니었다.

＊

　다음 날, 소개팅에 나갈 준비를 하던 동민의 눈에 방 한쪽 모퉁이의 벽지에 멍이 든 듯 푸른 기운이 떠올라 있는 게 보였다. 무언가 묻었나 싶어서 닦아보았지만 아니었다. 푸른색은 벽지의 안쪽에서부터 내비치고 있었다. 동민은 잠시 고민하다 커터칼을 들고 와 벽지를 조금 갈라보았다. 예상대로 벽지 안쪽에 진청색의 무언가가 가득 들어차 있었다. 시큼하고 매캐한 냄새도 올라왔다. 칼로 조금 긁어내자 검은 흔적이 묻어나오며 바닥으로 우수수 가루가 떨어졌다. 곰팡이였다.

　시간을 보았다. 소개팅 약속까지는 30분 정도 여유가 있었다. 저걸 그대로 놔두고 가면 벽지 안에서 스멀스멀 기어 나온 곰팡이가 집 안 전체로 퍼져버릴 것 같았다. 동민은 마스크를 끼고 두 팔을 걷고는 푸른 흔적이 손바닥만 하게 번진 벽지를 둥글게 잘라냈다. 푸석하고 검은 먼지가 피어올랐다. 얼른 벽지를 쓰레기봉투에 집어넣었지만 그게 끝이 아니었다. 밖으로 비치지 않았다 뿐이지 곰팡이는 벽지 안쪽으로 훨씬 넓게 퍼져 있었다.

　동민은 조금 열이 오른 상태에서 구역질이 올라오는

걸 참으며 벽지를 더 잘라냈다. 아무리 잘라내도 곰팡이 흔적은 끝나지 않았다. 집주인이 난리 칠 걸 걱정할 상태가 아니었다. 동민은 곰팡이가 묻어 있는 벽지를 죄다 잡아당겨 뜯어냈다. 책장 하나만큼의 벽지가 뜯겨 나오고 회색의 시멘트벽이 드러났다.

동민은 뜯어낸 벽지를 쓰레기봉투에 구겨 넣고는 키친타월에 락스를 묻혀 시멘트벽을 벅벅 문질러 댔다. 타월 하나를 다 쓰고 손에는 락스 냄새가 잔뜩 배고 난 후에야 벽에 묻은 검은 곰팡이 흔적이 사라졌다. 약속 시간이 빠듯했다. 비누로 몇 번을 닦아냈지만 락스 냄새는 가시지 않았다. 동민은 어쩔 수 없이 대충 옷을 챙겨 입고 소개팅 장소로 나갔다.

몸도 마음도 누군가를 만날 상태가 아니었다. 지금이라도 전화를 걸어 약속을 취소하고 싶었지만 시간이 너무 늦었다. 차라리 직접 만나 죄송하다고 말하고 양해를 구하는 게 나을 듯했다. 지하철역에서부터 뛰다시피 하여 겨우 시간에 맞춰 도착한 레스토랑에는 오늘 만날 상대, 장선미가 이미 나와 있었다.

손은 락스 냄새에, 목덜미는 땀에 절어 있는 동민을 본 선미의 동그란 눈이 가늘게 찌그러졌다. 선미의 얼굴을 본 순간 동민은 심장이 멈추는 듯했다. 이 소개팅은 어제오늘 동민에게 벌어진 일 중에서도 최악이었다. 선미가 마음에 들지 않아서가 아니었다. 그 반대였다.

어깨를 조금 넘어서까지 내려온 끝이 살짝 말린 머리카락. 선명하지만 매끄러운 턱선. 동그란 이마와 깊은 눈동자. 원래 입술의 색과 거의 다르지 않은 자연스러운 분홍색 립스틱까지. 선미는 혹시나 그런 사람이 존재한다면 평생을 함께할 수 있겠다고 상상했던 모습 그대로였다. 살아가는 동안 단 한 번이라도 그런 사람을 만날 수 있다면 다행이라고 생각했었다. 그런 사람에게 이렇게 안팎으로 망가진 모습을 보여주기 위해 그 많은 일이 벌어졌다고 생각하니 동민은 발밑이 진득한 늪으로 변해 빠져들어 가는 느낌이 들었다.

아무리 발버둥 쳐도 소용없었다. 동민만의 성. 완벽한 가족은 그에게 결코 허락되지 않을 거란 생각이 들었다. 아무리 쳐내고 잘라내도 통제할 수 없는 불행은 동민을 휘감아 바닥으로 끌어당길 것이다. 보이지 않은 틈새로 스며들어 곰팡이처럼 번져나가고 말 것이다. 그게 동민의 운명이었다.

"죄송합니다. 제가 오늘 개인적인 일이 좀 있어서. 차라리 약속을 취소했어야 했는데 그러기엔 너무 늦

어서 직접 뵙고 사과드리는 게 낫겠다는 생각에 이렇
게 나왔습니다."

자리에 앉지도 않고 돌처럼 굳은 얼굴로 말하는 동
민을 보며 선미는 목을 덮은 얇은 터틀넥을 조금 끌어
올려 다듬더니 입술을 오므려 물고 이마를 긁었다. 동
민이 여전히 서 있는 걸 보고는 선미가 말했다.

"일단 앉으세요. 아니. 그 전에 세수라도 한번 하고
오시는 게 어떠세요? 뛰어오셨나 보네요."

"자리가 마음에 들지 않으시면 지금이라도 약속을
취소하셔도 됩니다. 억지로 시간 쓰지 않으셔도…."

"확실히 기대했던 것하고는 영 전개가 딴판이기는
하네요. 근데 저 여기 꼭 한번 와보고 싶었거든요? 요
새 하도 추천하는 사람이 많아서 궁금했는데 같이 올
사람이 마땅치 않아서. 그러니 오늘 그러고 오신 죄로
저하고 같이 식사해주셔야겠어요. 정 미안하시면 메
뉴 두 개 다 제가 고르는 거로 퉁치고요. 어때요?"

"네? 네. 네 괜찮아요. 아, 저 그럼 정말 세수 좀 하
고 와도 될까요. 메뉴 고르고 계세요. 먼저 주문하셔
도 됩니다."

뜻밖의 반응이라 동민은 그저 어리둥절했다. 이런
일이 있을 수가 있나. 딱 부러지는 명확한 말투와 표정

으로 슬쩍 동민의 입장을 배려하는 선미의 태도는 첫눈에 반한 외모 이상으로 매력적이었다. 동민은 화장실에서 꼼꼼하게 닦고 몇 번이나 비누칠하며 땀과 락스 냄새를 씻어냈다. 심호흡을 해 마음을 조금 안정시키고 나오자 벌써 주문을 했는지 메뉴판이 치워지고 따뜻한 빵과 피클이 세팅되어 있었다.

"다시 인사드리겠습니다. 조동민이라고 합니다."

"장선미예요. 주문은 브란지노랑 미고랭으로 했어요. 괜찮죠? 특별히 못 먹는 거 있어요?"

"아뇨. 다 잘 먹어요. 시키신 게 뭔진 모르겠지만, 못 먹진 않을 거예요."

선미는 동민을 만난 이후 처음으로 활짝 웃었다. 선미의 마음에 든 게 주문한 두 개의 음식일지 아니면 혹시 자신일지 동민은 무척 궁금했다. 그런 동민의 눈빛을 읽었는지 선미는 약간 미안한 표정을 지으며 말했다.

"저 좀 이상하죠? 처음 만난 자리에서 메뉴에 너무 집착하고. 꼭 먹으러 나온 사람 같잖아."

"처음 만난 자리에서 락스 냄새 풀풀 풍기며 앉아 있는 저만큼 이상할까요."

"아! 그게 락스 냄새였구나. 맞네. 그러네. 전 무슨 이상한 향수를 쓰신 줄 알고. 다행이네요. 향수 뿌리고 다니는 남자들 딱 질색인데. 무슨, 일하다가 나오셨어요?"

집 안에 곰팡이가 피었다는 말을 하고 싶지는 않았던 동민은 적당히 둘러댔다.

"아뇨. 저 그게⋯. 갑자기 욕실이 너무 지저분해 보여서요. 청소를 좀 하느라. 왜 하필 선미 씨 만날 약속을 앞두고 그랬는지 모르겠네요."

"왜요. 좋은데요. 자기 관리하는 것도 좋지만 자기 집 관리하는 게 전 더 중요하다고 봐요. 소개팅 앞두고서도 그렇죠. 우리 어차피 나중에 가족이 될 가능성까지 염두에 두고 만나는 거잖아요. 몸에 뿌릴 향수보다 깨끗한 욕실이 더 중요한 남자. 저는 좋은데요."

이후로는 일사천리였다. 동민은 자신이 언제 그렇게 즐거운 대화를 했었나 싶을 정도로 선미에게 빠져들었다. 음식이 나오고 나누어 먹으면서도 동민은 자신이 뭘 먹는지 모를 정도였다. 브란지노라는 요리에는 커다란 생선살이 들어 있었고 미고랭은 향이 특이한 면 요리였나. 아니면 그 반대였나. 그보다는 고개를 끄덕거리며 음식을 맛보던 선미의 분홍색 입술이 훨씬 또렷하게 기억났다. 그리고 선미는 사진을 찍지 않았다.

"찍어서 누구 보여주게요. 지금 우리가 보고 맛보면 되는 거죠. 저 괜히 그런 흔적 남기는 거 안 좋아해요."

그 말이 아주 마음에 들어서 동민은 오히려 슬쩍 선미를 떠보았다.

"보여줄 친구들 없어요? 외로움 별로 안 타시는 성격인가 봐요."

"외로움 타죠. 인간의 본능이잖아요. 사회성. 그러니까 여기 나온 거고. 근데 전 사람의 외로움을 달래주는 건 딱 한 명이면 된다고 봐요. 믿고 의지할 한 사람. 서로의 삶을 간섭하지 않으면서도 지탱해줄 수 있는 파트너. 혼자 사는 거. 가능은 한데 피곤해요. 평범한 가족이라는 거. 일종의 은신술이잖아요. 오지랖 넓은 세상 사람들 눈에 띄지 않는 보호막. 동민 씨는 그런 거 필요하지 않아요?"

첫 만남에서 가볍게 맥주까지 한잔하고 헤어진 선미와의 만남은 너무도 완벽해서 오히려 비현실적이었다. 지하철을 타고 빠른 속도로 달리면 선미와 함께했던 기억이 떨어져 나갈 것 같아서 동민은 두 시간이 넘는 거리를 일부러 걸어 집에 돌아왔다. 조금 전의 만남이 혹시 꿈은 아니었을까. 아쉬움과 들뜬 마음과 무언가 실수하진 않았나 되짚어보는 불안함에 뒤섞여 걷고 있을 때 메시지가 하나 날아왔다. 잘 들어갔고 즐거웠다는 선미의 무난한 메시지에 동민은 안도했다.

선미와의 만남은 분명히 꿈이 아니다. 현실이다. 하지만 현관문을 열고 들어와 집 안에 가득 찬 시큼한 락스 냄새를 맡는 순간 동민은 자신의 진짜 현실로 끌려 내려왔다. 벗어나고 싶은 현실. 원죄처럼 동민의 발목을 붙잡고 있는 가족과 반지하 방. 여기서 벗어날 수만 있다면 동민은 무슨 짓이라도 할 수 있을 것 같았다.

혼자 사는 거. 가능은 한데 피곤해요. 평범한 가족이라는 거. 일종의 은신술이잖아요. 동민 씨는 그런 거 필요하지 않아요?

선미의 말이 생각났다. 그리고 그 순간 동민은 자신의 가족을 결심했다. 동민을 운명에서 끌어내줄 새로운 가족을.

5천만 원은 보내지 않을 것이고 그 돈에 대출을 더해 집을 사겠다는 동민의 선언에 어머니는 한동안 말이 없었다. 그 침묵을 버티지 못하고 동민은 만나는 사람이 있으며 조만간 새로운 가족을 이루게 될지 모르겠다는 섣부른 말까지 해버렸다. 내친김에 이사를 하는 집 주소는 알려주지 않을 거고 그냥 가끔 이렇게 서로 안부만 확인하고 살았으면 좋겠다고도 선언했다. 어머니는 의외로 담담했다. 이제야 네가 그 말을 하는구나 그럴 줄 알았다 정도의 반응이었다.

"그래. 이제 너도 다 컸으니 네 인생 살아야지. 이참에 나도 내 인생 살란다. 결혼식에는 부를 거니?"

"모르겠어요. 저도 아직."

"필요하면 불러라."

*

두 번째 만남에서 선미는 안경을 쓰고 나왔다. 렌즈는 도저히 불편해서 못 쓰겠다는 선미에게 동민은 안경을 쓴 사람을 좋아한다고 솔직하게 대답했다. 진심이었다. 선미는 거짓말하지 말라고 하면서도 동민의 대답을 마음에 들어 했다. 렌즈를 끼고 자다가 눈 뒤로 렌즈가 넘어간 괴담을 얘기하며 둘이 동시에 몸을 떨었고 그걸 보며 서로 웃었다. 요즘 뜨고 있다는 레스토랑에서 두 사람은 세 가지 메뉴를 주문했고 반 정도를 남겼다. 모자란 허기를 맥주로 채우면서 두 사람은 오랜만에 만난 동창처럼 목소리를 높여 떠들었다.

선미와의 관계는 더할 나위 없이 순조로웠다. 선미와 만나는 순간이 동민에게는 천국이었다. 선미와 헤어져 곰팡이 핀 반지하 방으로 돌아올 때마다 동민은 다시 지옥으로 끌려 내려가는 기분이 들었다. 뜯긴 벽지 사이로 드러난 시멘트벽은 갈라진 틈새에서 끊임없이 습기를 뿜어냈고 곰팡이는 마루와 이어진 몰딩 틈새로 파고들었다. 혹시라도 선미가 집에 와보고 싶어 할까 봐 동민은 계획보다 더 무리해서 서둘러 이사를 준비했다.

이사할 집을 고르며 동민은 중개인이 민망해할 정도로 벽의 습기와 창틀의 이음매를 꼼꼼하게 살폈다. 위치와 평수까지 포기하면서 곰팡이는 물론 습기도 먼지도 바람 한 점도 새어 들어오지 않을 요새를 계약했다. 예전 집에 있던 가구는 죄다 버렸다. 급하게 주문해 비닐도 뜯지 않은 새 침대 하나만 놓인 집에서 동민과 선미는 처음으로 서로의 몸을 탐색했다.

만일을 대비해 콘돔까지 꼼꼼하게 챙겨 놓았지만 관계는 순조롭지 못했다. 동민은 처음이었고 선미도 처음이라며 부끄럽게 고백했다. 둘 다 서툴렀고 특히 선미가 너무 긴장했다. 딱딱하게 힘이 들어간 선미의 허벅지가 겨우 부드러워질 즈음에는 동민의 흥분이 식어버렸다. 미안해하는 동민을 다독이며 선미는 자신을 손으로 애무해달라고 속삭였다. 선미를 쓰다듬자 선미도 손으로 동민을 쓰다듬었다. 동민은 다시 단단해졌고 둘은 삽입 없이 절정에 다다랐다.

"괜찮아? 만족했어?"

"너무 좋았어."

약간 걱정스러운 눈빛으로 물어보는 선미의 질문에 동민이 고개를 끄덕였다. 선미만 괜찮다면 상관없었다. 오히려 둘 다 서툴다는 점이 좋았다. 이런 부분까지 서로 잘 맞는다는 생각이 들 정도였다. 두 사람만 서로 만족할 수 있다면 뭐든 좋았다. 동민은 선미의 목덜미에 얼굴을 묻고 부드러운 등과 엉덩이를 쓰다듬었다.

어느새 두 사람은 결혼을 말하기 시작했다. 선미의 부모님이 안 계시다는 건 이미 들어서 알고 있었다. 결혼식 계획을 세우며 동민은 자신도 부모님을 부르지 않고 싶다고 말했다. 둘이서만 결혼식을 올려도 상관없다는 동민에게 선미는 고개를 저었다.

"조촐하게 하는 건 좋은데 둘이서는 싫어. 나, 부를 사람이 있거든."

"누구? 친구들?"

동민과 만나며 선미는 한 번도 친구 이야기를 하지 않았다. 별로 친하지 않은 친구를 부를 성격도 아니었다. 혹시 부모님이 돌아가셨다는 게 거짓말은 아니었을까. 선미도 동민처럼 드러내고 싶지 않은 부모님이 계셨던 건 아닐까. 그런 생각을 하는 동민에게 선미는 전에 없이 어두워진 표정으로 생각지도 못했던 말을 했다.

"사실 나 동생이 있어. 쌍둥이야. 일란성."

"그래? 세상에 너처럼 예쁜 사람이 또 있다고? 그게 가능해?"

태연하려 애썼지만 동민의 대답은 사실 뜻밖의 고백에 당황해서 서둘러 끄집어낸 아무 말에 불과했다. 그걸 눈치챘는지 선미의 표정은 밝아지지 않았다.

"나랑은 좀 달라. 쌍둥이지만. 쌍둥이가 같이 자라면 반대로 큰다고 하더라. 자석의 다른 극처럼."

"그렇구나. 근데 그런 걸 왜 아직 말 안 하고 있었어? 혹시 둘이 안 친해?"

"아냐. 친해. 걔는 나 없으면 못 살아. 나도 그렇고."

"근데 왜 숨겼어? 그러니까… 숨긴 거 맞지?"

"응."

"왜?"

"뺏길까 봐."

"뺏길까 봐? 누구를. 나를? 말이 되는 소리를 해."

사랑하는 단 한 사람과 결혼해 평생을 함께하는 게 동민의 꿈이었다. 다른 사람에게는 눈길조차 주지 않

118

을 자신이 있었다. 그런 믿음을 의심하지 않으면서도 선정을 처음 만나는 날 동민은 묘한 흥분을 감추기 힘들었다. 선미와 똑같이 생긴 사람을 만나는 건 어떤 느낌일까. 설마 선미보다 더 동민의 이상형에 맞는 사람은 아니겠지. 그럴 리는 없다고 생각하면서도 동민의 마음속에서는 표현하기 힘든 무언가가 꿈틀거렸다. 하지만 선정을 보고 동민은 한편으로 안도했다. 선미의 말이 맞았다. 선정은 선미와 정반대였다.

날이 유난히 춥기는 했다. 아무리 그래도 옷깃을 잔뜩 여미고 인상을 찌푸린 채 동민과는 눈도 마주치지 않고 자리에 들어와 앉는 건 좀 심하다고 생각했다. 팽하고 코를 푼 휴지를 제대로 접지도 않고 식당 테이블 위에 올려놓았다. 목도리로 가려진 입에서 울리는 말은 똑바로 알아듣기 힘들었지만 선미라면 절대로 쓰지 않을 상스러운 말로 날씨 탓을 하고 있다는 정도는 어렵지 않게 알 수 있었다.

그게 끝이 아니었다. 코트를 벗으니 이번에는 제대로 여미지 않은 옷매무새 사이로 브래지어 끈이 보였다. 미장원에서 방금 세팅하고 나온 듯한 요란한 머리가 바람에 흩날린 게 신경 쓰이는지 연신 손으로 매만졌다. 눈이 나쁜 건 선미와 마찬가지였지만 선정은 라

식 수술을 했다고 들었다. 눈화장 때문인지 선정의 눈
이 부자연스럽게 커 보였다. 그리고 무엇보다도 빨간
입술. 선정은 지나칠 정도로 새빨간 립스틱을 바르고
있었다.

"왜 이렇게 늦었어? 차 많이 막혔어?"

"세상에. 말도 마. 눈까지 오는데 웬 차들을 그렇게
꾸역꾸역 끌고 나오는지. 중간에 글쎄 사고 날 뻔했잖
아. 어머. 이분이야? 잘 생겼다. 왜 그렇게 꼭꼭 숨기고
안 보여주나 했더니. 누가 훔쳐 갈까 봐 그랬구나? 선
미 얘가 글쎄요…."

"선정이 너. 쓸데없는 소리 하지 마."

나긋한 목소리로 눈치를 주는 선미를 보며 선정은
혀를 쏙 빼물었다. 그러고는 동민을 보며 묘한 눈빛을
보냈다. 이목구비를 찬찬히 뜯어보면 선미와 다른 점
을 하나도 찾을 수 없을 정도로 똑같았다. 그런데도
그게 모인 표정과 인상은 희한할 정도로 딴판이었다.
글쎄. 객관적으로 보면 선정 쪽이 좀 더 매력적이고 도
발적이라고 평가할 만도 했다. 어디까지나 보통 남자
들의 기준으로 그렇다는 뜻이다. 다행히도 동민의 눈
에는 단정하고 빈틈없는 선미 쪽이 훨씬 마음에 들었
다. 똑같이 타고난 외모를 선정처럼 꾸미지 않아 준 게

눈물이 날 정도로 고마웠다.

외모뿐만이 아니었다. 어딘지 모르게 동민과 꼭 맞아떨어지는 편안함을 주었던 선미와 달리 선정은 첫인상부터 하나씩 내뱉는 말까지 모든 게 불안했다. 선정 같은 사람과 동민이 생각하는 단단한 가족을 이룬다는 건 상상하기도 힘들었다. 단단하기는커녕 바깥세상의 온갖 근심이 줄줄 새어 들어올 것 같았다. 선미와 처음 만난 그날 만일 소개팅에 선미 대신 선정이 나왔다면 동민은 아마 거듭 양해를 구한 뒤 그 자리를 박차고 나왔을 게 분명했다.

"주혁이는?"

"주차할 데 찾고 있어. 저기 들어오네. 여기야!"

선정은 동민과 선미가 만나기 오래전부터 이미 주혁이라는 사람과 같이 산다고 들었다. 어렸을 때부터 같이 자라 선미와도 잘 아는 사이라고 했다. 환히 웃으며 다가오는 주혁을 보며 동민은 선정을 봤을 때와는 다른 종류의 충격을 받았다. 주혁은 동민이 보고도 감탄할 수밖에 없을 정도로 말끔한 미남이었다. 작고 귀엽성 있게 생긴 얼굴과는 대조적으로 운동을 한 듯 셔츠에 가려진 근육이 탄탄해 보였다. 선정이 동민을 보고 잘 생겼다고 했을 때 조금 우쭐했던 기분이 민망할 정도로 쑥 들어가버렸다. 주혁은 선미를 보며 반갑게 손을 흔들었다. 활짝 웃는 주혁의 얼굴에는 보조개까지 깊게 팼다.

"늦어서 죄송합니다. 오, 선미 누나 오랜만이야. 이야 그동안 더 예뻐졌네. 왜 이렇게 얼굴 보기가 힘들어."

"오랜만은. 며칠 전에도 봐놓고."

"김치통 들어다줄 때 잠깐 본 거? 그것도 본 건가."

약간 어색했던 분위기는 주혁이 등장하자마자 훨씬 부드러워졌다. 세 사람이 너무 친해 보여서 처음에는 약간 소외된 느낌이 들 정도였다. 그래도 술을 권하며 분위기를 주도하는 주혁 덕에 동민도 별 어려움 없이 대화에 섞여들 수 있었다. 동민은 무엇보다 선정과 주혁을 무사히 소개하고 걱정을 털어낸 듯한 선미의 밝은 얼굴이 좋았다. 식사 내내 묘하게 동민을 바라보던 선정의 눈빛이 주던 불편함도 그럭저럭 참아 넘길 수 있었다. 하지만 시끄러웠던 만남을 정리하고 나자 주혁에 대해서만큼은 왠지 모를 꺼림칙함이 남았다.

"주혁 씨하고 많이 친한가 봐?"

"걔? 그냥 주혁이라고 불러. 오빠보다 한참 어릴 텐데."

"그 사람 멋있던데? 연예인 같더라."

"허우대만 멀쩡하지 허당이야. 걔 때문에 선정이가

얼마나 속이 썩는데. 얼굴값 한다니까. 선정이가 쫓아가서 머리채 잡은 여자가 한둘이 아니야. 오빠는 행여 그런 짓 할 생각 꿈에도 하지 마. 나 그럼 진짜 오빠도 죽이고 나도 죽을 거야."

선미는 농담처럼 그렇게 말했다. 그 말에 아버지를 붙잡고 악다구니를 벌이던 어머니의 모습이 떠올라 동민은 등골이 조금 서늘해졌다. 동민은 고개를 저었다. 그런 피가 동민에게 섞여 있을 리 없다. 오히려 동민은 선미와 같은 심정이었다. 만일 선미가 그런 짓을 한다면 동민 역시 무슨 짓을 저지를지 몰랐다.

"걱정 마. 내 성격 몰라? 절대 그럴 일 없어. 그나저나 선정이도 참, 대단하다."

동민은 선정이 큰 눈을 부릅뜬 채 새빨간 입술로 현란한 욕을 쏟아내던 장면을 상상하고는 피식 웃었다. 동민이 좋아하는 모습들을 신기할 정도로 모아놓은 게 선미였다면 선정은 그 반대였다. 동민이 불편해할 만한 눈빛과 표정, 행동과 말투를 죄다 지니고 있었다. 그런 모습이 선미와 꼭 닮은 이목구비에서 나올 수 있다는 사실이 소름 끼칠 정도였다.

"선정이 인상 어때? 나보다 훨씬 예쁘지. 나도 좀 그렇게 꾸미고 다닐까?"

"뭐? 말도 안 돼. 절대 그러지 마. 솔직히 네 동생만 아니라면 잠시도 같이 있기 싫더라. 아, 미안. 나쁘게 말하는 게 아니라… 그냥 너하고 비교를 하니까. 어쨌든 나는 지금 선미 네 모습이 너무 좋아. 절대로 바꿀 생각 하지 마."

"남자들은 다들 선정이 좋아하던데. 솔직히 말해도 돼. 괜찮아."

"남자들이 다들 골이 비었나 보지. 그 주혁이라는 녀석처럼. 아. 내가 또…. 그냥 다 좋은 사람들 같기는 한데. 솔직히 나랑 잘 맞는 것 같진 않아. 그래도 선미 네 동생이고 또 동서가 될 사람인데 친하게 지내야지. 노력할게. 미안."

"아니야. 틀린 말도 아닌데 뭐. 그래도 선정이랑 주혁이 앞에서 티는 내지 마. 선정이 없으면 나 못 살아."

선미는 동민의 대답이 꽤 만족스러운 모양이었다. 선정이 없으면 못 산다는 말처럼 선미는 선정과 무척 자주 만났다. 그동안 어떻게 쌍둥이의 존재를 숨겨왔는지 신기할 정도였다. 동민은 선미와의 완벽하고 깔끔했던 관계에 갑자기 끼어든 두 사람이 영 내키지 않았다. 선미와 정반대로 선정은 언제 터질지 모르는 폭탄 같았다. 무슨 일을 해도 딱 부러지는 선미와 달리 선정은 뭐 하나 깔끔하게 마무리 짓는 게 없었고 모든 게 즉흥적이었다. 선정을 보고 있으면 동민은 술에 취해 집에 들어오지 않던 아버지가 떠올랐다.

선정의 존재가 불편했다면 주혁은 불쾌했다. 평소에는 좀 거슬리는 정도였지만 술이 들어가면 입이 걸레가 되었다. 주혁은 말하자면 친구로 가끔 만나면 재밌을 만한 망나니였다. 형이라고 부르며 동민에게 격의 없이 대하는 것도 싫었다. 주혁의 말끔한 얼굴에서 쏟아져 나오는 지저분한 농담들은 모르는 사람이 대상이라도 웃어넘기기 어려운 수준이었다. 가끔 선정을 대상으로 심지어 선미를 대상으로 그런 농담을 할 때면 도저히 참기 힘들었다. 몇 번 눈치를 주었지만 죄송하다고 하고는 그때뿐이었다. 선정이야 그렇다 쳐도 선미까지 그런 주혁을 받아주는 게 도저히 이해가 가지 않았다.

"선정이는 대체 저런 녀석이 뭐가 좋다고 같이 사는 거야? 잘 생겨서? 얼굴 뜯어 먹고 사는 거야?"

"잘 생기기만 했나. 몸도 좋잖아."

"넌 지금 그걸 농담이라고 하는 거야!"

동민은 그만 자신도 모르게 정색하며 소리를 질러 버렸다. 선미에게 그렇게 화를 낸 건 처음이었다. 왜 그렇게 화가 난 건지 알 수 없었다. 동민의 반응이 뜻밖이었는지 얼굴까지 빨개진 선미만큼이나 동민도 당황했다.

"미안해. 난 그냥 오빠가 너무 심각하게 생각하는 것 같아서."

"아니. 그러니까… 선정이 인생도 있으니까. 아직 앞날이 창창한데. 지금이라도 더 좋은 사람 만나는 게… 아니다. 모르겠다. 그냥 걔네들끼리 알아서 살 게 내버려둬. 선정이야 어쩔 수 없다고 쳐도 주혁이 걔 만나는 거, 나 솔직히 불편해."

"알았어. 될 수 있으면 같이 만나는 자리 안 만들게."

선미가 주혁을 만나는 것도 싫다는 소리는 차마 하지 못했다. 그 이후로 선미는 선정과 만나는 자리에 동민을 부르지 않았다. 동민을 부르지 않았을 뿐 선정과 만나는 횟수는 그대로였다. 그 자리에 주혁도 함께 있었는지는 차마 물어보지 못했다. 만나도 만나지 않아도 선정과 주혁의 존재는 불편하고 불쾌했다. 두 사람이 선미에게 끈적하게 눌어붙어 있다는 게 동민은 견딜 수 없이 싫었다.

그렇다고 해서 선미의 매력이 떨어진 건 아니었다. 오히려 반대였다. 이제 동민은 선미가 없는 삶은 상상할 수 없었다. 결혼식을 올리고 정식으로 부부가 되면 동민이 부모님과의 관계를 정리했듯 선미도 선정과의 관계를 어느 정도 정리하리라 기대할 수밖에 없었다.

*

결혼식은 단출했다. 동민과 선미 그리고 선정과 주혁 네 명만이 모인 파티였다. 동민의 부모님은 잠깐 와서 사진 한 장만 찍고는 금방 가버렸다. 뭔가 설교를 늘어놓으려던 아버지는 어머니가 횡하니 가버리자 멋쩍은 듯 대충 인사를 하고는 금방 따라갔다. 그래도 선미는 남들처럼 웨딩드레스를 입고 신부 화장을 한 사진만은 남기고 싶어 했다. 가볍게 화장하는 게 더 예쁘다고 아무리 말해도 선미는 고집을 피웠다. 진한 화장을 하고 나온 선미의 모습은 선미보다는 선정에 가까웠다. 그 얼굴을 바라보며 반지를 끼워주고 서약을 말하고 입을 맞추는 동민의 기분이 묘했다.

결혼식을 올리고 사는 집을 합치고 나자 동민의 마음은 한결 안정되었다. 깔끔을 떠는 사람들끼리는 오히려 같이 살기 어렵다지만 맺고 끊는 게 확실한 두 사람은 얼마 지나지 않아 집 안에서 서로의 영역을 구분해냈고 각자의 영역을 상대방의 성에 찰 정도로 깔끔하게 관리했다. 주방과 욕실과 서재가 동민의 관리

대상이라면 침실과 다용도실과 거실은 선미가 챙기는 식이었다. 월수금을 동민이 담당하면 화목토는 선미가 맡았다. 떨어진 우유를 동민이 채워놓으면 캔맥주는 선미가 갖춰놓았다. 동민이 재활용 쓰레기를 분리하면 선미는 음식 쓰레기를 그때그때 처리했다.

그런 완벽한 관리 상태는 선정이 부부가 한번 놀러 오고 나면 여지없이 흐트러졌다. 한바탕 집 안을 어지럽히고 떠나면 치우는 건 선미와 동민의 몫이었다. 선미는 귀찮은 기색도 없이 자신이 맡은 부분을 정리했지만 동민은 도저히 적응이 되지 않았다. 게다가 시간이 지날수록 선정은 점점 더 거침없이 동민의 집을 제 집처럼 드나들었다.

예고도 없이 쳐들어 와 문도 제대로 닫지 않고 샤워를 하고, 욕실 여기저기에 물기와 머리카락을 흩뿌려놓고, 요리를 도와준다며 바닥에 소스를 흘려 대고, 안방 침대에서 낮잠을 자고, 서재에서 동민이 아끼는 책을 꺼내 읽다가 물기가 남은 테이블 위에 올려놓는 것까지는 묵묵히 참았다. 그러다 거실 소파 아래 깊숙한 곳에서 귤 하나가 썩어 있는 걸 발견한 날, 결국 동민은 폭발했다.

"걔네들 대체 왜 그래? 여기가 지네 집이야? 왔으면

얌전히 있다가 갈 것이지 온 집 안을 쑥대밭으로 만들어 놓고. 좀 너무한 거 아냐?"

"나도 알아. 아는데. 선정이 걔 아무리 얘기해도 소용없어. 알았다고 해도 그때뿐이고."

"넌 대체 이런 걸 어떻게 참고 살았어? 너도 이런 거 끔찍하게 싫어하잖아."

"싫어하지. 그래도 어떻게 해. 동생인데. 그냥 팔자려니 하고 치우고 사는 거지."

"너야 선정이를 참을 수 있을지 몰라도 난 못 그래. 너도 솔직히 말해봐. 만약에 내 부모님이 여기 와서 이런 식으로 헤집어놓으면 그거 너 참을 수 있어?"

"못 참지. 이해해."

"앞으로 걔네들 여기 오지 말라고 해. 만날 일 있으면 밖에서 만나고."

"알았어. 나도 그러려고 했어. 당장은 아니더라도 조금씩 줄이도록 할게."

선미의 차분한 대답에 동민의 화도 가라앉았다. 조금 미안해진 동민은 화를 낸 걸 사과하고 선정에 대한 건 선미에게 맡기겠다고 했다. 그날 이후 정말로 선정과 마주치는 일이 줄어들었다. 선정이 어질러놓은 걸 치울 일도 거의 없었다. 그게 전부 선미의 보이지 않는 노력 때문이라는 걸 동민은 우연히 알게 되었다.

마침 집 근처에서 외근이 끝나 예정보다 빨리 퇴근한 날이었다. 선미에게는 알리지 않고 깜짝 놀라게 해줄 생각이었다. 선미가 좋아하는 집 근처 떡볶이를 사들고 들어갔는데 현관에 선정의 신발이 있었다. 그리고 닫혀 있는 안방 문 사이로 두 사람의 목소리가 들렸다.

"왜 그렇게까지 하는데? 난 몰라. 네가 알아서 해."

"오지 말라는 것도 아니잖아. 그냥 시간만 좀 맞춰달라는 거지."

"아, 나 그런 거 신경 못 써. 차라리 안 오고 말지."

"너 어떻게 말을 그렇게 해?"

"그러게 뭐 하러. 아, 몰라. 네가 한 결혼이니까 네가 알아서 해."

"알아서 한다니까. 그냥 넌 조금 맞춰주기만 해달라는 거잖아."

선미와 선정은 목소리까지 똑같았다. 그래도 누가 무슨 말을 하는지는 말투로 쉽게 구별할 수 있었다. 선정은 전보다 덜 오는 게 아니었다. 그냥 동민이 있을 때를 피해서 오는 것뿐이었다. 선정이 가고 나면 선미는 동민이 맡고 있는 부분까지 치우며 선정의 흔적을 지웠을 것이다. 선정과 덜 마주치는 건 좋지만 이런 식으로 선미를 힘들게 하고 싶지는 않았다. 누군가가 빽 소리를 질렀다. 보나 마나 선정이었다.

"맞춰줘? 나 그딴 거 절대 못 해. 대체 내가 어디까지 맞춰줘야 돼? 나 여기 내가 오고 싶을 때 올 거야. 맘대로 올 거라고!"

"소리 지르지 마! 얼른 옷이나 입어. 동민 씨 올 때 다 됐어."

"오든 말든. 나 오늘 여기서 자고 갈 거야."

"글쎄 안 된다니까? 동민 씨가 싫어한다 그랬잖아. 그러니까 좀 적당히 해."

"안 싫어하게 만들면 되지."

"그래. 내가 몇 번이나 말했니? 동민 씨가 바라는 게 뭐 대단한 거니? 유난 떨지 말고. 예의 좀 지키고. 조심 좀 하고. 그거 맞춰주는 게 뭐 그리 힘들다고."

"웃기고 있네. 몰라. 난 내 식대로 할 거니까."

듣고 있는 동민의 머리가 다 지끈거렸다. 저걸 다 받아주는 선미가 존경스러울 정도였다. 쌍둥이인데 어떻게 이렇게 다를 수 있을까. 동민은 그냥 다 포기하고 선정을 참아주는 게 낫겠다는 생각까지 들었다. 그게 가능할지는 모르겠지만. 선미에게 선정을 포기하라고 할 수는 없으니.

이건 동민이 생각했던 완벽한 가족이 아니었다. 동민은 선미와 자신, 그리고 둘 사이의 아이로만 이루어진, 그 외의 누구도 간섭할 수 없는 단단한 가족을 원했다. 꿈꾸던 모습은 아니지만 그래도 선미를 위해서라면 선정에 대한 부분은 참아야 할지도 모른다고 동민은 생각했다. 선미를 만난 건 행운이다. 분에 넘치는 행운이다. 그러니 다른 부분을 좀 포기하더라도 나는 여전히 행운아다. 동민은 그렇게 다짐했다.

동민은 선미가 눈치채지 않도록 조용히 다시 집 밖으로 나왔다. 집 근처를 거닐며 마음을 가라앉히고는 평소의 퇴근 시간에 맞춰 다시 들어갔다. 최대한 열린 마음으로 선정을 대하자고 다짐하면서.

"오빠 왔어?"

현관문을 열자마자 달려온 건 선미가 아니라 선정이었다. 선정은 동민의 한쪽 팔을 자기 품으로 꼭 끌어안으며 애교를 떨었다. 속옷도 입지 않은 선정의 가슴이 팔을 통해 그대로 느껴졌다. 당황한 동민은 하마터면 반대쪽에 들고 있던 떡볶이를 떨어뜨릴 뻔했다. 얼굴이 확 달아오른 동민을 보며 선미 역시 당혹해했다. 어두워진 선미의 표정을 본 동민은 애써 담담한 척 선정에게 붙들렸던 팔을 빼냈다.

"어. 선정이 왔구나. 떡볶이 사 왔어."

동민은 황급히 떡볶이가 든 비닐을 선정의 가슴에 안겼다. 그러고는 도망치듯 신발을 벗고 안으로 들어왔다. 선미가 미안해하며 말했다.

"미안. 미리 말했어야 하는데. 선정이가 오랜만에 와서. 저녁이라도 먹고 가라고 하려고."

"그러게. 미리 말했으면 떡볶이 좀 더 사 오는 건데."

"오빠. 괜찮아? 화 안 났어?"

"야. 화는 무슨. 빨리 먹자. 배고프다."

안도하는 선미를 보며 동민은 조금 뿌듯한 기분을 느꼈다. 그래. 이렇게 조금씩 맞춰 가면서 사는 것도 가족이겠지. 선정이도 노력한다고 했으니까. 시간이 지나면 나아지겠지. 하지만 그런 동민의 기대는 몇 분 지나지도 않아 깨지고 말았다.

식탁에 마주 앉아 떡볶이를 먹는데 동민의 종아리를 타고 무언가가 올라왔다. 깜짝 놀라 선미를 바라보았지만 선미는 선정에게 요즘 보고 있는 책에 대해 한창 떠드는 중이었다. 곁눈질로 동민을 보는 건 선정이었다. 그리고 종아리를 타고 올라오는 발도 선정의 발이었다.

순간 동민은 어떤 반응을 보여야 할지 몰라 머뭇거

렸다. 그사이 더 위로 올라온 선정의 발이 동민의 허벅지 사이로 파고들었다. 바지 위로 꼬물거리는 발가락이 느껴졌다. 선정의 입꼬리가 살짝 올라갔다. 동민은 그제야 자기를 안 싫어하게 만들겠다는 선정의 말이 어떤 의미였는지 깨달았다. 어이없다기보다는 화가 났다. 선정이 변할 수도 있다는 믿음은 착각이었다. 이루 말할 수 없이 묘한 기분이 들었다. 선정의 발은 이제 노골적으로 허벅지 가장 깊숙한 곳을 자극하고 있었다.

동민이 자리에서 벌떡 일어나자 선미가 깜짝 놀라며 돌아봤다. 선정의 발은 얼른 제자리로 돌아갔다. 일어나고 나서야 동민은 바지 안쪽이 자신의 기분과는 전혀 상관없이 부풀어 있다는 걸 알아챘다. 동민은 어색하게 몸을 숙이며 허리를 식탁 아래로 내렸다. 그걸 본 선정이 풋 하고 웃음을 터뜨렸다. 선미가 걱정스러운 눈빛으로 동민을 보며 물었다.

"왜 그래? 어디 아파?"

"아니. 그냥. 화장실 좀 다녀오려고."

화장실에 도착할 때까지도 부풀었던 물건은 가라앉지 않았다. 그걸 바라보며 떠오른 수많은 감정들을 동민은 제대로 정리하기 힘들었다. 다만 한 가지는 확실했다. 불안감. 동민은 자신의 운명이 전혀 예상하지 못했던 방향으로 흘러가고야 말 거라는 예감을 떨쳐내기 힘들었다. 그리고 그건 분명 좋은 쪽이 아니었다.

*

사실 동민은 선미와의 관계에서 딱 한 가지 불만이 있었다. 결혼을 하고 나서도 동민은 여전히 선미에게 쉽게 삽입할 수 없었다. 무엇보다 선미가 너무 고통스러워했다. 자신이 너무 서투른 게 원인이라는 생각에 동민은 자꾸 위축되었다. 선미는 자신의 문제라며 동민을 위로했다. 손으로 애무해주기만 해도 충분히 좋다고, 아니 동민이 너무 잘 해줘서 미리 흥분해버리는 거라고 속삭였다. 그렇게 다독이며 선미는 자신의 손을 써서 동민을 사정시켰다. 그리고 자신은 이런 관계에 충분히 만족한다며 동민을 안심시켰다.

하지만 동민은 만족할 수 없었다. 성욕 때문만은 아니었다. 동민은 아이를 갖고 싶었다. 선미는 반대하지 않았다. 다만 억지로 하기보다는 자연스러운 관계를 통해 아이가 생기기를 원했다. 엄마와 아빠가 모두 행복한 기분일 때 아이가 생겨야 한다고, 그러니 너무 억지로 삽입하려 하지 말고 마음의 준비가 될 때까지 조금 기다려달라고 부탁했다. 그 말에 동민도 동의했다.

일란성   **135**

선미와 함께할 수 있다면 아이가 조금 늦게 생기는 것 정도는 충분히 감수할 수 있었다.

이번에도 동민을 휘젓는 건 선정이었다. 정확히는 주혁을 통해서였다. 원래부터 못 하는 말이 없었지만 동서지간이 되었다는 이유로 주혁은 더 노골적으로 지저분한 농담들을 쏟아냈다. 술자리에서 어쩌다 동민과 둘이 남게 되면 주혁은 선정이 얼마나 자신과의 잠자리를 즐기는지를 구체적으로 늘어놓았다. 싫은 티를 내도 소용없었다.

"진짜 이러다 죽겠구나 싶더라니까요. 그냥 아주 살이 쏙 빠져요. 아우, 근데 형. 선정이 몸이… 형도 아실 거 아니에요. 똑같으니까. 히히. 그 몸만 보면 그냥 죽었다가도 다시 살아난다니까요. 안 그래요 형? 우린 진짜 복 받은 거예요."

그런 말을 들을 때마다 동민의 속은 끓어올랐다. 한 대 치고 싶은 마음을 겨우 억눌러야 했다. 그러면서도 머릿속 한편에서는 선정과 주혁이 사랑을 나누는 모습이 그려졌다. 어떨 때는 그 모습이 선미와 주혁으로 보여서 괜히 분노했다. 어떨 때는 선정과 자신으로 보여서 다른 의미의 불이 동민을 휘감았다. 어떨 때는 완전히 똑같은 선미와 선정의 몸과는 달리 조각 같은 주혁의 몸과 밋밋한 자신의 몸이 비교되어 비참한 기분이 들었다. 선미와의 잠자리가 잘 풀리지 않는 건 그런 차이 때문 아닐까.

그 모든 생각들이 동민은 끔찍하게 싫었다. 그중에서도 가장 인정하고 싶지 않은 건 자신이 주혁에게 열등감을 느낀다는 사실이었다. 그따위 녀석에게. 가진 건 몸뿐인 쓰레기 같은 녀석. 대체 선정이는 뭐가 좋아서 그 녀석하고 붙어 있는 거야. 어쩌면 선정이 그렇게 엉망인 건 전부 주혁 때문일지도 모른다고 동민은 생각했다. 그렇잖아. 유전자가 선미하고 똑같은데. 일란성인데.

평생을 쌓아가던 자신만의 성이 바로 그 부분에서 무너지고 있다는 사실을 동민은 눈치채지 못했다.

＊

동민의 아버지가 돌아가셨다. 선미와 결혼한 지 불과 반년만의 일이었다. 술에 취해 길에서 쓰러진 건 아니었다. 바람을 피우다 들켜서 기둥서방에게 해코지를 당한 것도 아니었다. 무슨 일로 시작된 건지는 모르지만 멀쩡히 잘 지내던 동네 사람 둘이 시비가 붙었고 결국 칼부림까지 났다고 했다. 아버지는 싸운 당사자도 아니었다. 심지어 그 사람들과 친한 사이도 아니고 그냥 지나가던 길이었다. 애초에 독하게 찌를 생각은 없는 사람들이었지만 둘을 떼어내던 와중에 발을 헛디뎌 넘어졌고 하필이면 쥐고 있던 칼이 함께 엉켜 넘어진 아버지의 가슴에 박혔다.

동민에게 연락한 건 어머니가 아니라 경찰이었다. 그제야 동민이 선미와 결혼식을 올리기도 전에 두 분이 이혼 도장을 찍은 걸 알게 되었다. 경찰이 어머니에게도 연락은 한 모양이지만 관계없는 사람이라고 딱 잘라 끊어버렸다고 했다. 선미와 상의를 한 끝에 동민은 형식적으로나마 아버지의 장례는 치르기로 했다.

조그만 장례식장 하나를 빌려 아버지의 사진을 올렸다. 따로 부고를 돌리지도 않았으니 조문객은 거의 없었다. 싸움에 휘말렸던 동네 사람들 몇이 장례 첫날 찾아왔다. 그중에는 아버지의 가슴에 꽂혔던 칼을 들고 설치던 사람도 끼어 있었다. 동민은 경찰에게 진술하면서 그 사람들에게는 아무런 원한도 없으며 최대한 선처해주기를 바란다고, 그게 아버지의 뜻일 거라고 말했다. 별다른 의도는 없었다. 그저 일이 더 커지지 않기를 바랄 뿐이었다. 동민이 왜 그렇게까지 호의적이었는지 모르는 사람들은 형식적으로 절을 하고는 동민의 눈치를 보다가 이런저런 핑계를 대며 육개장도 먹지 않고 모두 사라져버렸다. 그러고 나니 남은 손님은 선정과 주혁 둘뿐이었다.

무덤덤한 행동과는 달리 동민의 마음은 편하지 않았다. 이미 끊은 관계라고 생각하고 있었지만 정말로 완전히 끊어졌다고 생각하니 생각보다 훨씬 기분이 착잡했다. 그 끝이 어이없고 황당하여 더욱 그랬다. 미련을 남기지 않으려면 마무리만큼은 확실히 하자는 막연한 심정이 되어 동민은 분향실을 지켰다. 그렇게 앉아 있으면서도 공중에 붕 뜬 기분이었다. 괜한 밤샘을 하고 난 다음 날 분향실에 앉아 졸고 있는 동민의 어깨를 선미가 부드럽게 흔들어 깨웠다.

"잠깐 가서 눈 좀 붙이고 와. 어차피 손님도 없는데. 여긴 내가 지키고 있을게."

고개를 끄덕이며 분향실에 딸린 작은 휴식실로 가려는 동민을 선미가 붙잡았다.

"거기 선정이 자고 있을걸. 요 앞 금성장 302호 잡아뒀으니까 가서 편하게 두어 시간 자고 좀 씻고 그러고 와."

그러지 않아도 장례식장의 무거운 분위기에 숨이 막힐 지경이기는 했다. 동민은 선미를 한번 안아주려다 아버지의 사진이 노려보고 있는 걸 깨닫고는 그냥 손만 잡아주고 열쇠를 받아 밖으로 나왔다. 차로 5분도 걸리지 않는 가까운 거리에 허름한 여관 하나가 있었다. 방에 들어간 동민은 검은 넥타이와 양복을 구석에 벗어 던지고는 대충 샤워를 하고 침대 위에 쓰러졌다.

두 시간 뒤로 맞춰 놓은 알람이 미처 울리기도 전에 동민은 등 뒤에서 누군가의 기척을 느끼고 눈을 떴다. 선미라고 생각하고 몸을 돌려 팔을 감았다가 자신이 철원의 한 여관에 누워 있다는 걸 깨닫고는 소스라쳐 눈을 떴다. 하지만 희미한 시야에 들어온 건 역시 자신을 향해 웃고 있는 선미였다. 선미도 씻고 나왔는지 속옷 차림의 알몸이었다.

한숨을 길게 내쉬며 가슴을 진정시킨 동민은 선미를 세게 감싸 안았다. 그러고는 자신의 아랫도리가 유난히 단단해져 있다는 걸 느꼈다. 상황 때문인지 아니면 장소 때문인지 갑자기 엄청난 불길이 동민의 가슴에서 솟아올라 온몸을 감쌌다. 동민의 달아오른 손이 부드러운 살결을 더듬자 선미도 가느다란 교성을 흘리며 동민의 속옷에 손을 집어넣었다.

그 순간 이후로 동민은 이성이 아닌 다른 무언가에 사로잡혀 움직였다. 동민은 그 어느 때보다 능숙하고 여유 있게 선미의 몸을 구석구석 탐색해 나갔다. 선미도 평소와 달랐다. 딱딱하게 굳어서 결정적인 순간에 허리를 빼던 모습과는 달리 갈구하듯 동민에게 달라붙고 휘감았다.

선미가 선미가 아니라는 걸 어느 시점부터 깨달았는지는 확실치 않다. 사정이 끝날 때까지도 동민은 자신 밑에 깔린 사람이 선미일지 모른다는, 아니 선미여야 한다는 합리화를 하고 있기는 했다. 하지만 동민은 부정할 수 없었다. 어느 순간 동민은 주혁보다 더 잘해 보이겠다는 경쟁심에 휩싸여 있었다. 상대가 선미라고 믿었다면 할 수 없는 생각이었다. 겉만 번지르르한 어린 녀석이 아무것도 아니란 걸 보여주겠다고. 머리에 똥만 든 그 녀석이 선정이 너한테 해주는 거 솔직히 이거밖에 없지 않냐고. 이까짓 거 아무것도 아니니까 정신 차리라고. 나는 그걸 보여주려고 이러는 거라고.

사정과 함께 그 어리석고 말도 안 되는 핑계들이 동민의 머릿속에서 빠져나갔다. 갑자기 숨이 제대로 쉬어지지 않을 정도로 가슴이 답답했다. 자신이 한 짓이 무엇인지가 그제야 확실히 동민의 머리를 치고 지나갔다. 선미인 줄 알았어. 선미인 줄 알았어야 해. 동민은 침대에 얼굴을 묻고 머리를 감쌌다.

동민의 등에 조금 전까지도 그의 손과 입으로 마음
껏 희롱하던 가슴이 와 닿았다. 그런데도 동민은 새삼
스럽게 서늘한 칼날이 닿은 듯 흠칫 몸을 떨었다. 동민
의 귀에 뜨거운 입김과 함께 속삭임이 들려왔다.

　　"30분 뒤에 와. 오빠."

　　샤워 소리가 끝나고 옷이 사그락거리고 문이 열렸
다 닫히는 소리가 날 때까지 동민은 침대에서 고개를
들지 못했다.

　　벌써 세 시간이 지나 있었다. 분향실에는 검은 상복
을 입은 선미와 선정이 나란히 앉아 있었다. 화장기 없
는 선정의 얼굴은 선미와 구분하기 어려웠다. 안경을
쓰고 있는 쪽이 선미일 것이다. 여관에서의 입술은 붉
은색이었나. 아니 분홍색이었다. 지금은 선정의 입술
도 분홍색이다. 어젯밤 이곳에 도착했을 때도 선정의
입술이 분홍색이었나. 기억이 나지 않았다. 안경을 쓴
쪽이 말했다.

　　"푹 자고 왔어? 더 쉬다 와도 되는데. 올 사람도 없
잖아."

　　"응. 거기 계속 있는 것도 좀 그렇고."

　　"그래. 이제 저녁 먹을 때도 됐는데. 같이 먹자. 나도
먹고 가서 좀 씻어야겠다."

선미가 그렇게 말하는 동안 선정은 묘한 웃음을 띠며 동민을 바라보았다. 그러더니 선정은 선미에게 무언가를 속삭이고는 조문객실에 딸린 주방으로 갔다. 주혁의 모습은 보이지 않았다. 역시 그건 선정이었다. 동민은 초라한 국화 장식으로 둘러싸인 아버지의 사진을 돌아보았다. 너도 어쩔 수 없는 내 자식이지. 그렇게 말하며 웃고 있는 듯하여 동민은 얼른 고개를 돌렸다. 처신 잘하고 다녀라. 어머니의 목소리도 들렸다. 오빠도 죽이고 나도 죽을 거야. 마지막으로 선미의 목소리가 들렸다.

"오빠? 괜찮아? 저녁 먹어."

안경을 쓴 선미가 분향실에 멍하니 서 있는 동민을 빤히 쳐다보고 있었다. 언제 왔는지 밖에서는 주혁의 목소리가 들렸다. 나가보니 주혁이 비닐봉지에 든 그릇을 테이블 위에 꺼내놓고 있었다.

"어, 형! 이리 와요. 아무리 그래도 삼시 세끼 육개장만 먹을 수는 없잖아. 선정이가 형 얼굴 빠져 보인다고. 몸보신해야 한다고 어찌나 닦달하는지. 이 근처에 추어탕 잘하는 데가 있더라고. 오는 길에 장어구이도 좀 사 왔고."

"야, 넌 지금 이 분위기에서 무슨⋯."

"오빠. 아무 말 말고. 그냥 먹어요. 이왕 사 왔는데."

선정이었다. 아무 말 말라는 말에 유난히 힘이 들어가 있었다. 튀어나오던 말이 동민의 목에 걸렸다. 그런 동민을 바라보며 선정은 입을 모아 쪽 내밀며 눈을 살짝 찡긋했다. 동민은 묵묵히 자리에 앉아 수저를 들 수밖에 없었다. 꺼끌꺼끌한 목에 밥을 밀어 넣으며 동민은 선정의 의도를 확실히 깨달을 수 있었다.

덫에 걸렸다. 누구 탓을 할 수도 없다. 선정은 원래 그런 사람이었다. 그런 사람이어서 피하려 했던 거였다. 그러니 동민이 멈췄어야 했다. 선정이라는 걸 안 순간 뿌리쳤어야 했다. 하지만 그러지 못했다. 아니 그러지 않았다. 선정이라는 촉수가 동민의 성을 비집고 들어와 온몸을 감아 들도록 문을 활짝 열고 내버려두었다.

"형. 한잔해요. 이런 데선 술도 좀 마시고 그러는 거야."

주혁이 환히 웃으며 종이컵에 소주를 채워 동민에게 내밀었다. 언뜻 천진해 보이는 미소와 유난히 깊게 팬 보조개가 이 상황과 너무 어울리지 않았다. 동민은 입 안에 남아 있는 밥알들에 소주를 들이붓고는 같이 씹어 삼켰다. 주혁이 다시 컵을 채웠다. 동민이 컵을 비우자 주혁은 이번에는 소주를 채우지 않고 동민을 바라보았다.

"나도 한 잔 줘요. 좀."

동민이 새 종이컵을 꺼내려 하자 주혁은 동민이 마시던 컵을 채가며 말했다.

"이걸로 같이 마시면 되지. 환경오염 몰라요? 이 장례식장에서 나오는 일회용품이 아주 문제래. 자. 한 잔 줘요."

대꾸할 기력도 마음의 여유도 없었다. 주혁은 동민이 따라 준 소주를 비우고는 다시 컵을 동민에게 건넸다. 컵에는 주혁이 먹다 남은 소주가 깔려 있었다.

피곤한 몸에 알코올이 들어가니 동민의 몸은 금방 노곤해졌다. 몸에서 뭔가가 빠져나가 겉껍데기만 남은 기분이었다. 바람이 불면 부는 대로 힘없이 나부끼는 겉껍데기. 물로 입을 헹구고는 다시 분향실로 돌아가는 동민에게 선미가 말했다.

"나 좀 가서 씻고 올게."

"어. 그래. 내가 태워다줄게."

"오빠 술 마셨잖아. 똑바로 서지도 못하면서. 괜찮아. 걸어가도 30분이면 가."

"어유. 어딜 걸어가요. 인적도 없는 밤길을. 제가 데려다줄게요. 누나."

주혁이 일어섰다. 동민과는 달리 꼿꼿했다.

"너도 술 마셨잖아."

"아이 한 잔밖에 안 마셨어. 두 잔인가? 따라주지도 않아놓고. 어쨌든. 불어도 나오지도 않아. 가요. 누나. 가서 푹 쉬고 그냥 내일 와. 우리가 여기 있을게."

"무슨. 씻기만 하고 올 거야. 주혁이 너 그럼 밑에서 기다리고 있어. 30분이면 되니까."

"그러든가."

앞장서는 주혁을 따라가는 선미를 보며 갑자기 말도 안 되는 상상이 떠올랐다. 정말 말이 안 되나? 말이 안 될 건 또 뭐지? 속에서 무언가가 치밀어 올랐다. 동민이 자리에서 벌떡 일어나며 외쳤다.

"내가 갈게. 내가."

앞으로 나서던 동민의 머리가 핑 돌았다. 비틀거리는 동민을 선정이 붙잡았다. 동민은 선미와 주혁이 함께 나가는 걸 맥없이 바라볼 수밖에 없었다. 그런 동민의 귀에 선정이 속삭였다.

"왜? 들킬까 봐? 정리는 잘 해놓고 왔겠지. 오빠 성격에."

당연하다. 동민은 여관 욕실을 깨끗이 청소하며 머리카락까지 일일이 집어냈다. 주인에게 웃돈을 주고 땀에 전 시트와 이불도 새 걸로 갈았다. 다른 사람에게는 말하지 말라는 신신당부도 덧붙였다. 주인은 대수롭지 않다는 듯이 고개를 끄덕였다. 동민 혼자 자고 나온 자리처럼 새 이불을 흩트려놓는 것도 잊지 않았다. 선미가 그곳에 간다 해도 거기서 있었던 일을 알아채지는 못할 터였다.

주혁. 주혁을 딸려 보낸 게 못내 찜찜했지만 동민은 선미를 믿었다. 선미는 자신처럼 쓰레기일 리가 없었다. 쓰레기. 아버지에게 물려받은 더러운 피. 대체 무슨 미친 생각을 했던 걸까. 동민은 선정을 노려보았다.

"대체 왜 그랬어?"

"오빠 왜 그랬는데?"

태연하게 마주 보는 눈빛에 오히려 동민이 움츠러들었다. 동민은 대답하지 못했다. 선정의 팔이 미끄러져 들어오며 동민의 허리를 감았다.

"걱정하지 마. 비밀 지킬 거니까."

선정의 입술이 동민에게 다가왔다. 고개를 돌리자 선정의 손이 동민의 바지 위를 더듬었다.

"무슨 짓이야!"

"말 잘 듣나 보는 거야."

선정의 입술이 다시 다가왔다. 이번에는 고개를 돌리지 못했다. 아버지의 사진이 쳐다보고 있는 앞에서 선정은 동민의 입술을 빨았다. 동민은 그저 선정에게 입술을 내맡기고 있는 수밖에 없었다. 쓰다듬는 손길에 동민의 바지가 볼록하게 솟아오르는 걸 확인하고 나서야 선정은 손과 입술을 뗐다.

"말 잘 듣네. 울 오빠 역시 착해. 오빠 이제 나 좋아하지? 자주 놀러 가도 되지?"

선미는 30분이 조금 지나서 돌아왔다. 선미의 머리는 아직 덜 마른 채 젖어 있었고 주혁의 머리에는 물기가 묻은 흔적조차 없었다.

*

화장을 마치고 근처 납골당에 안치하는 것으로 아버지와 동민의 관계는 완전히 정리되었다. 혹시 몰라 어머니에게 납골당의 위치를 문자로 남겼지만 답장은 없었다. 원래대로라면 동민은 드디어 부모님의 간섭과 마음의 부채까지 깔끔하게 정리한 걸 축하해야 했다. 하지만 이제 동민에게는 아버지와는 비교할 수도 없이 더 큰 굴레가 씌워져 있었다.

선미에게 솔직하게 말할까 고민해보기도 했다. 정말 선미인 줄 알았다고. 그게 선정이었던 건 나중에 알았다고. 하지만 선미가 정말이냐고 물을 때 그렇다고 거짓말할 자신이 없었다. 완벽한 거짓말을 꾸며낼 자신은 있었다. 하지만 선미의 눈을 보고 그걸 말할 수는 없었다. 선미가 눈치채지 못하도록 여관방을 정리하는 것과는 또 다른 문제였다.

죄책감과는 관계없이 그날 선정과 뒤엉켰던 온갖 자세와 움직임들이 당황스러울 정도로 선명하게 머릿속에 남아 동민을 괴롭혔다. 그건 이제 동민이 참고 견뎌내야 할 무언가였다. 동민은 이제 더 이상 깨끗하지 못했다. 동민의 일부는 선정에게 오염되고 잡아 먹혀버렸다. 거기에는 몸뿐만 아니라 마음까지도 포함된다는 걸 동민은 부정하기 힘들었다.

이제 선정은 예전보다 더 노골적으로 동민의 집에 드나들었다. 아예 자고 가는 적도 많았다. 그럴 때면 동민은 안방 침대를 양보하고 거실 소파에서 잠들어야 했다. 혹은 거실에서 주혁과 술판을 벌였다. 주혁에게 듣는 선정에 관한 지저분한 농담이 예전과는 다른 느낌으로 다가왔다. 싫지만은 않았다. 묘한 경쟁심을 느끼면서도 아랫도리가 묵직해졌다.

그날 이후로 선정과 다시 잠자리를 갖는 일은 없었다. 동민 역시 그걸 원하지는 않았다. 원하지 않아야 한다고 다짐했다. 그래도 선정이 은근히 날리는 눈빛과 슬쩍 스치고 지나가는 스킨십에 짜릿함을 느꼈다. 이 정도는 괜찮겠지. 동민은 그렇게 멋대로 기준을 세웠다. 선정이 흐트러뜨리고 간 집 안을 정리하면서도 예전만큼 화가 나지 않았다. 엉망으로 헤집어진 침대보를 다시 정리하는 동민에게 선미는 조심스럽게 물었다.

"내가 할까?"

"됐어. 거실이나 정리해. 소파 밑도 잘 보고."

"오빠. 좀 변했다. 예전엔 이런 거 절대로 못 참더니."

"그냥. 그렇게까지 민감할 필요가 있나 싶은 생각도 갑자기 들고. 무엇보다 네가 선정이를 좋아하니까. 그걸 막는 게 좀 그렇기도 하고."

"그때부터지? 아버님 돌아가시고."

동민의 가슴이 철렁 내려앉았다. 하지만 선미의 말은 그런 의미가 아니었다.

"그래. 무슨 느낌인지 알아. 나도 부모님 돌아가셨을 때 그랬으니까. 그래도 나는 선정이가 있었거든. 선정이가 없었으면 난… 상상하기도 싫어. 그런데 오빠는 혼자잖아."

그렇게 말하며 선미는 동민의 손을 꼭 잡았다.

"오빠. 날 꼭 아내라고 생각하지 말고. 동생이라고 생각해도 돼. 피를 나눈 동생. 평생을 함께할 가족. 나도 동생이고. 선정이도 동생이고. 그럼 오빠는 동생이 둘이나 생기는 거잖아. 든든하지?"

"어. 안 그래도 그렇게 생각하려고 노력하고 있어."

"노력하는 거 보여. 정말 고마워."

선미가 동민의 가슴에 얼굴을 묻으며 허리를 꼭 끌어안았다. 동민은 선미에게 고마움과 동시에 죄책감을 느꼈다. 그리고 다시는 선정과 그런 짓을 하지 않으리라고 다짐했다. 동민이 스스로 정해놓은 선, 그 선만큼은 절대 넘지 않겠다고. 동민에게는 선미가 있으니까. 동민은 선미의 머리카락을 쓰다듬으며 이마에 입술을 가져다 댔다. 그러고는 선미의 가슴으로 손을 밀어 넣었다. 선미는 몸을 살짝 뒤로 빼며 말했다.

"오빠. 나 오늘은 조금. 오늘은 그냥 내가 해줄게."

선미는 동민을 침대로 밀어 눕히며 바지를 끌어 내렸다. 기껏 정리해놓았던 침대가 다시 흐트러졌다. 침대에서 선미는 쓰지 않는 향수 냄새가 났다. 선미의 손가락이 이미 단단해질 대로 단단해진 동민의 아랫도리를 부드럽게 쓰다듬었다. 당장에라도 폭발할 것 같은 기분을 동민은 꾹 눌러 참았다. 머릿속에서는 선정과 뒹굴던 장면이 다시금 생생하게 떠올랐다. 동민은 더 이상 참을 수 없었다.

정성스레 아랫도리를 애무하던 선미를 침대 위로 끌어 올리고는 거칠게 웃옷을 풀어 헤쳤다. 선미가 짧게 숨을 들이마셨다. 채 다 벗겨지지도 않은 웃옷 안으로 손을 넣어 브래지어를 풀러냈다. 단추 하나가 떨어져 나가며 선미의 가슴이 드러났다. 선미의 몸. 주혁이 말하던 선정의 몸. 동민과 뒹굴던 선정의 몸. 동민은 허겁지겁 선미의 가슴에 입을 가져다 댔다. 놀란 선미가 동민을 밀어내려 애썼다.

"오빠! 뭐 하는 거야. 나 오늘은 그냥…."

"괜찮아. 내가 잘할 테니까. 넌 그냥 가만히 있으면 돼."

"아니. 오빠가 문제가 아니라. 내가… 읍."

애원하는 선미의 입을 자신의 입으로 덮은 채 동민은 잔뜩 힘이 들어간 선미의 허벅지 사이로 손가락을 밀어 넣었다.

그 뒤에 자신이 선미를 어떻게 다루었는지 동민은 정확하게 기억하지 못했다. 동민은 제정신이 아니었다. 오늘 선미에게 한 짓과 그날 선정에게 한 짓이 잘 구별이 가지 않았다. 헐떡이며 부른 이름이 선미와 선정 중 어느 쪽이었는지조차 확신할 수 없었다. 억지로 사정을 끝내고 싸늘하게 정신이 돌아온 동민의 눈에 고개를 돌린 채 입술을 깨물고 부르르 떨고 있는 선미가 보였다. 선미의 눈에서는 한 줄기 눈물이 흘러내리고 있었다.

다음 날 새벽. 소파에서 잠든 동민을 누군가가 흔들어 깨웠다. 선미였다. 퍼뜩 어제 있었던 일이 떠오른 동민은 서둘러 몸을 일으키며 선미의 얼굴을 확인했다. 선미는 아무 일도 없었다는 듯이 살짝 웃으며 동민의 뺨을 쓰다듬었다.

"피곤하지. 아직 출근하려면 몇 시간 남았어. 가서 침대에서 좀 더 자."

이불을 뒤집어쓴 선미에게 몇 번이고 빌다가 결국 아무런 대답도 듣지 못하고 거실로 나온 기억이 났다. 동민은 차마 선미를 바라보지 못하고 마른세수를 하며 말했다.

"선미야. 내가…."

"우리. 어제 일은 그냥 없었던 걸로 하자. 더 이상 얘기하지 말고."

"내가 정말 잘못했어. 어제는 내가…."

"오빠만 잘못한 거 아냐. 나도 더 노력을 해야 하는

거니까. 오빠, 아이가 갖고 싶은 거지?"

"아이?"

물론이다. 동민의 가족을 완성해줄 아이. 선미와 동
민을 꼭 닮은 아이. 하지만 솔직히 어제의 동민에게서
끓어올랐던 건 아이를 갖고 싶다는 욕망이 아니었다.
아니. 어쩌면 그럴지도 모른다. 아이를 갖고 싶다는 욕
망이 뒤틀린 방식으로 튀어나온 건지도 모른다. 어쩌
면 그게 모든 문제의 시작일지도 모른다. 가족이 완성
되기만 하면. 그러면 모든 게 제자리로 돌아올지도 모
른다고 동민은 생각했다. 잠시 갈피를 잡지 못했던 동
민의 비뚤어진 욕구까지도.

"나도 그 마음 알아. 그러니 나도 노력할게. 문제는
나야. 오빠는 아무 문제 없어. 오빠 아이 가질 수 있도
록 내가 노력할 테니까. 그게 가능한 날에는 나도 최대
한 노력해볼 테니까. 날 믿고 따라줘. 어제처럼 강제로
는 하지 말고. 알았지?"

괴로웠다. 선미가 화를 내지 않으니 동민은 더더욱
자신이 쓰레기처럼 느껴졌다. 대체 무슨 짓을 한 걸까.
이런 선미를 두고. 머리를 감싸 쥐고 흐느끼는 동민을
선미는 조용히 안아주었다.

*

선미와의 관계는 그렇게 잘 정리될 것 같았다. 하지만 언제나 그렇듯 선정이 문제였다. 겨우 출근은 했지만 몸도 마음도 피곤해서인지 영 입맛이 없었다. 점심을 거르고 차라리 눈을 좀 붙일까 생각하고 있을 때 동민의 전화벨이 울렸다. 선정이었다.

"오빠. 나와. 점심 같이 먹자."

"안 돼. 약속 있어."

"말 안 듣네. 약발이 떨어졌나?"

동민은 상스러운 말이 치밀어 오르는 걸 겨우 누르고 목소리를 낮춰 말했다.

"적당히 해. 참는 데도 한계가 있어."

"그러니까 점심이나 같이 먹자고. 그것도 안 돼?"

선정은 근처 길가에 차를 세워놓고 기다리고 있었다. 문에 붙어 있는 파란색 스티로폼도 떼지 않은 새 차였는데 벌써 보조석 사이드미러가 깨져 있었다.

"차 샀어? 운전은 언제 배웠어?"

"타. 일단."

대로변에 서서 시비를 벌여봐야 좋을 건 없었다. 얼른 조수석으로 몸을 밀어 넣자 선정이 차를 출발시켰다. 운전은 엉망이었다. 방향등도 안 켜고 들이대는 통에 지나가는 차마다 경적을 울려 댔다.

"그냥 근처에서 먹어. 네 차 타기 불안하다."

"회사 사람들이 볼 텐데. 나보고 선미인 척하라고? 들킬지도 몰라."

동민은 대답하지 않았다. 선정은 차를 몰아 외곽으로 나갔다. 한참을 달린 선정이 차를 들이민 곳은 식당이 아니라 검은색 커튼이 무겁게 드리워진 무인텔 주차장이었다.

"뭐 하는 짓이야?"

"요새 오빠가 말을 하도 잘 들어서. 보답을 좀 하려고 그러지."

"됐어. 차 돌려."

"진짜 싫어? 나 신경 많이 썼어. 완전범죄야. 오빠가 좋아하는. 내비도 안 켜고 왔잖아."

"그만해. 우리 집에 오는 거 안 막을 테니까. 이런 짓 그만둬. 그날 있었던 일도 다 잊고. 제발."

"오빠 잊었어?"

"응."

"근데 어젠 선미한테 왜 그랬어?"

동민이 선정을 돌아봤다. 주차칸 두 개에 걸쳐서 비

스듬하게 차를 밀어 넣은 선정은 몇 번 전진과 후진을 반복하다가 귀찮다는 듯이 차를 멈추고 시동을 꺼버렸다. 그러고는 동민을 바라보며 나무라듯 말했다.

"들킬 뻔한 건 알아?"

"뭐라고?"

"선미 걔가 헛똑똑이라. 눈치가 없어서 그렇지. 오빠 솔직히 말해. 나라고 생각하면서 했지?"

"선정이 너. 네가 그걸….."

선정은 어디까지 알고 있는 걸까. 선미는 어디까지 알고 있는 걸까. 동민은 화가 치밀어 오르면서도 어디부터 따져야 할지조차 감을 잡을 수 없었다. 그런 동민을 귀엽다는 듯이 바라보며 선정이 말했다.

"선미하고 나 사이에 비밀이 있는 줄 알아? 아, 있긴 있지. 오빠랑 나랑…. 그러니까, 들키지 말라고. 들키지를 말아야 내가 그걸로 계속 오빠 부려 먹을 거 아냐."

"이딴 얘기 하려고 불러냈어?"

"아니. 얘기만 할 거면 전화로 해도 되지. 오빠. 하고 싶으면 나랑 해. 선미 괴롭히지 말고."

"이런 미친!"

벌컥 화를 내면서도 동민은 자신의 마음 깊은 곳에

서 다른 감정이 꿈틀대는 걸 느꼈다. 그래서 더 화가
났다. 부릅뜬 동민의 눈을 보면서 선정은 눈 하나 깜
짝하지 않고 오히려 의아하다는 듯이 동민에게 대꾸
했다.

"이게 화를 낼 일이야? 해준다니까? 선미 모르게."

"너 진짜. 선미 동생이니까 내가 참는 거야. 넌 어떻
게 생각할지 몰라도. 난 선미 사랑해. 진심으로."

"알아. 사랑하는 거."

"알면서. 알면서 이딴 짓을 해?"

"아 진짜. 짜증 날라 그러네. 이딴 짓이 뭐? 그럼. 오
빠는 선미 사랑하면서 왜 그랬어? 선미를 그렇게 사랑
한다면서. 왜 나랑 그렇게 했냐고. 응? 왜 선미랑 할
때도 날 생각하냐고!"

"너만 없으면 돼! 너만!"

동민은 결국 폭발해버렸다. 평소의 동민이라면 절
대로 입에 담지 않을 상스러운 욕을 쏟아붓는데도 선
정은 전혀 겁을 먹지 않았다. 동민은 그만 맥이 풀려
버렸다. 동민이 아무리 화를 내도, 무슨 짓을 하더라도
다 받아줄 수 있다는 듯이 선정은 미소까지 지으며 다
정하게 동민을 바라보았다.

"오빠한테도 이런 귀여운 면이 있었네? 근데 어쩌

지. 난 선미하고 떨어질 수 없어. 우린 일란성이잖아."

"일란성이 뭐. 세상에 쌍둥이가 너희들뿐이야?"

"우린 특별해. 선미는 나 없이는 살 수 없어. 나도 그렇고. 몰랐어?"

선미가 입버릇처럼 했던 말이다. 말 그대로 입버릇이라고 생각했다. 물론 두 사람이 보통 자매 이상으로 친하다는 건 잘 알고 있다. 하지만 언제나 양보하고 배려하는 건 선미 쪽이었다. 적어도 동민에게는 그렇게 보였다.

"너 때문에 선미가 얼마나 고생하는 줄 알아?"

"내가 듣기로는 선미는 어제 오빠 때문에 고생했다던데."

"그건! 잘 해결됐어. 노력할 거야. 나도 선미도. 너만 없으면. 너만 없으면 우리가 싸울 일도 없다고. 알아?"

"싸운 건 오빠가 싸워놓고 왜 내 핑계를 대고 난리야. 진짜. 도와주려고 부른 사람한테. 선미한테 잘해주라니까. 잘해주고…. 오빠가 못 참겠을 때. 내가 해주겠다고. 나한테 다 풀고. 선미랑 할 때는 선미 생각만 하라고. 선미가 좋아하는 거. 무슨 말인지 못 알아듣겠어?"

"너한테 필요한 거 없어. 선미랑 나 사이는 우리가

알아서 할 거야. 그래. 뭐 선미가 너 얼마나 아끼는지 아니까. 둘 사이 갈라놓지는 않을게. 우리 집에 와. 네가 오고 싶은 만큼 얼마든지 와도 되는데. 대신 선미하고 나 사이에 끼어들지는 마. 선 넘으면. 나 정말 가만히 있지 않을 거야.”

“어쩌지? 난 선 같은 거 잘 모르는데. 아, 알았어. 오케이. 일단은 뭐 그 정도면. 근데. 정말 안 하고 싶어? 시간 없으면 여기서 내가 입으로 해줄까?”

화를 낼 기운도 없었다. 허탈한 표정으로 선정을 노려보고는 창밖으로 시선을 돌리자 선정은 키득거리며 시동을 걸었다.

“아 참. 점심은 먹어야지? 요 근처에 맛집이⋯.”

“가자. 좀. 제발.”

돌아오는 길에 뭐가 그렇게 재미있는지 선정은 연신 낄낄대며 차를 몰았다. 주변 차들이 모두 경적을 울리며 화를 내고 있는데도 받으려면 받으라는 식으로 막무가내로 차를 밀어 넣었다. 당장에라도 차 문을 열고 뛰어내리고 싶은 마음을 동민은 간신히 참았다.

*

동민이 원하던 방식은 아니었지만, 선미와 동민 그

리고 선정과 동민의 관계는 아슬아슬하게 평형점을 찾아가는 듯했다. 선정은 여전히 동민의 집을 제집처럼 드나들며 온 집 안에 흔적을 남기면서도 최소한 동민을 대하는 태도만큼은 나름대로 신경을 쓰는 눈치였다. 선미 역시 선정이 어질러놓은 부분은 동민이 맡은 구역이라도 동민의 손이 가지 않도록 먼저 나서서 치웠다. 선정은 선정이 원하는 걸 얻었고 동민은 아슬아슬하게 참아낼 수 있는 선에서 선정을 멈췄다. 이 정도라면 조금 삐걱대기는 해도 동민이 원하던 단단한 가족에 가까워질 수 있겠다는 생각도 들었다.

아이를 갖겠다는 계획만큼은 원활하지 못했다. 선미는 한 달에 두어 번 정도 임신 확률이 높은 날을 골라 동민을 받아들이려 애썼다. 이번에는 동민이 문제였다. 긴장한 기색이 역력한, 원하지 않는데도 동민을 위해 노력한다는 게 뻔히 드러나는 선미의 모습을 보면 도저히 흥분이 되지 않았다. 당혹스러워하는 동민을 선미는 안쓰럽게 바라보며 다독였다. 몇 번 실패가 반복되자 등을 돌리고 누운 동민의 머리를 쓰다듬으며 선미가 조심스럽게 제안했다.

"오빠. 너무 힘들면. 인공 수정을 해보는 건 어때?"

"뭐? 인공 수정? 우리가? 왜?"

"아이를 갖는 게 목적이니까. 그편이 확실할 것 같아서."

"그런 건 둘 중 한 명이 불임일 때나 받는 거 아냐? 우린 그게 문제가 아니잖아."

"꼭 그게 아니라도. 성교 장애가 있을 때도 받는대."

"장애? 내가 성교 장애가 있다고?"

동민이 선미의 손을 쳐내며 홱 뒤로 돌아누웠다. 당황한 선미는 몸을 일으켜 앉아 변명했다.

"아니. 오빠가 아니라. 내가. 내가 잘 못 하니까. 그게… 여러 가지 이유가 있을 수 있대. 신체에 문제가 있을 수도 있지만 심리적인 원인일 수도 있고."

"그래. 말 나온 김에 좀 물어보자. 넌 나랑 하는 게 싫어? 사랑하는 사이면 그러면 안 되는 거 아냐?"

"아니. 아니야. 누가 싫대. 나 오빠랑 쓰다듬고 서로 흥분시켜 주는 거 너무 좋아해. 오빠도 그랬잖아. 그렇게 해도 좋다고. 그렇게만 해도 상관없다고."

그렇게 말했었다. 하지만 정말로 상관없었던 건 아니었다. 시간이 지나면 당연히 나아질 거라고 생각했기 때문이었다. 나아지게 만들 수 있다고 믿었다. 결혼하고 나서 1년이 넘도록 한 발짝도 나아지지 않을 줄은 몰랐다. 동민이 따지듯 물었다.

"그게 중요한 게 아니라! 꼭 그걸 해야 하는 게 아니라. 내가 볼 땐 네가 그걸 안 하려고 애쓰는 것처럼 보이니까. 이상하잖아. 안 그래?"

"나도 노력해. 근데 몸이 마음대로 안 되는 걸 어떻게 해. 오빠도 조금 전에⋯."

아차 싶었는지 선미는 거기서 말을 멈췄다. 이루 말할 수 없이 밀려오는 자괴감을 동민은 도저히 받아들일 수 없었다. 자신에게 문제가 없다고 항변할수록 동민의 머릿속에는 선정이 떠올랐다. 만일 지금 앞에 앉아 있는 게 선미가 아니라 선정이라면. 선미의 몸이 아니라 선정의 몸이라면. 선정처럼 신음을 내뱉어준다면.

동민은 선미를 차마 바라볼 수 없어서 고개를 숙였다. 그걸 어떻게 해석했는지 선미는 다시 한번 동민을 다독였다.

"너무 부담을 가져서 그런 건지도 몰라. 그러니까 우리 아이를 갖는 건 인공 수정으로 해결하고. 이 문제는 천천히⋯ 자연스럽게 노력해보는 것도 난 좋을 것 같은데."

"됐다. 그냥 다 관두자."

동민은 벌떡 일어나 거실로 나갔다. 그러고는 소파에 몸을 던지고 눈을 감았다. 동민의 안에서 무언가가

끊어진 것 같았다. 머릿속에서는 선정과 뒤엉켰던 기억
과 선정을 두고 떠올렸던 상상이 고삐 풀린 말처럼 날
뛰었다. 숨이 막힐 지경이었다. 열병에 걸린 것처럼 들
떠 동민은 화장실로 달려갔다. 독액을 뽑아내듯 사정하
고 나서야 흥분이 멈췄다. 다시 소파에 쓰러진 동민은
한없이 비참한 기분이 되어 입술을 잘근잘근 씹었다.

그 비참한 감정에 불을 지른 건 주혁이었다.

"형. 요즘 그거. 잘 안 돼요? 나이가 아직 그런 나이
는 아니지 않나? 히히. 농담이에요. 농담."

주혁의 실없는 농담을 한 귀로 듣고 한 귀로 흘리는
데는 이골이 나 있었지만 이번만큼은 동민이 참을 기
분이 아니었다. 동민은 술잔을 내려놓고 정색하며 말
했다.

"주혁이 너. 그따위 농담하지 말라고 내가 여러 번
경고하지 않았어?"

"아이. 왜 화를 내고 그래요. 좋은 술 마시다가. 나는
그냥 가족끼리 고민 있을 때는 돕고 그래야 하니까."

"돕긴 뭘 도와 네가. 그리고 누가 그딴 얘기를 하고
다녀? 선정이야?"

"내가 그럼 누구한테 그런 얘기를 들어요. 아유 뭐.
그냥 어쩌다 나온 얘기예요. 딱 그렇게 말한 것도 아니

고. 너무 걱정하지 마요. 그럴 때가 있대요. 나랑 같이
일하는 형들도 그러더라고. 이게 영 안 될 때가 있는데.
그럴 땐 다른 사람 만나서 찐하게 한 번 하고 나면 풀
리기도 하고 그런대. 자신감 회복! 뭐 그런 거죠. 히히."

주혁이 무슨 일을 한다는 얘기는 듣지 못했다. 사고
나 치고 돈이나 썼지. 차라리 놀러 다니는 게 돈이 덜
들어간다며 선정이 낄낄거리는 걸 들은 적이 있다. 천
방지축처럼 보여도 선정은 나름 수완이 있는 모양이었
다. 그에 비해 주혁이야말로 자기 앞가림도 못하는 무
능력한 쓰레기였다. 동민이 가장 싫어하는 타입이다.
선정을 통해 연결되지 않았다면 절대 이렇게 같이 앉
아 술을 마시고 있지는 않을 거다. 그런 주혁에게 충고
같지도 않은 충고를 듣는다는 게 동민의 비참함을 더
후벼 팠다.

"내 걱정하지 말고 너나 처신 똑바로 하고 다녀."

"아유. 걱정하지 마요. 우린 아무 문제 없어. 문제가
너무 없어서 문제야. 히히. 아, 그러고 보니까 문제가
있긴 있네. 요즘 자꾸 애 얘기를 해가지고. 한동안 안
그러더니. 형 때문이에요. 선미 누나가 애를 가지려고
하니까 자기도 갖고 싶은지. 하여튼 예전부터 그랬어
요. 둘 중 한 명이 뭐 하면 꼭 같이 해야 한다니까."

"애를 갖는다고? 너 그렇게 하고 다니면서 아빠 노릇이나 제대로 할 수 있겠냐?"

"왜 못 해요? 내가 또 하면 아주 잘하지. 히히."

주혁을 처음 볼 때부터 느꼈던 거부감이 어디서 비롯된 것인지 동민은 이제 확실히 알 수 있었다. 아버지였다. 주혁은 동민의 아버지 같은 아빠가 될 것이다. 끊임없이 사고를 치고 다니며 선정의 속을 썩이고 집안을 절름발이로 만들겠지. 선정은 혼자 그 뒤치다꺼리를 도맡으면서 멀쩡한 허우대에 홀려 주혁을 만났던 걸 후회하겠지. 그리고 그 신경질을 아이에게 쏟으며 너만 없으면 당장이라도 갈라설 거라며 악담을 퍼붓겠지.

그렇게 벗어나려고 했던 가족의 모습이었다. 그런데 이제 와서 선정과 주혁을 통해 똑같은 모습의 가족으로 또다시 묶일지도 모른다는 게 너무나 끔찍했다. 대체 선정은 주혁의 어디가 좋은 걸까. 선정은 그렇다고 치자. 선미까지도 주혁을 감싸고 도는 걸 동민은 도저히 이해할 수 없었다. 동민이 무슨 생각을 하고 있는지 모르는 주혁은 눈치 없이 또 충고를 던졌다.

"그리고 그… 선미 누나가 자꾸 그… 안 하려고 하는 거. 그럴 만한 이유가 있어요. 그러니까 또 좀 형이 이해해주기도 해야 돼."

"뭐? 이유라니. 그게 무슨 소리야?"

"그게 좀… 말하기는 그렇고. 하여튼 그런 게 있어."

"그러니까 그게 뭐냐고!"

동민이 버럭 소리를 지르자 주혁은 그제야 술이 좀 깨는지 고개를 절레절레 저으며 시치미를 뗐다.

"뭐긴 뭐. 아우 또 헛소리를 했나 보네. 술을 많이 마셨네 오늘. 형. 신경 쓰지 마요."

주혁은 입을 꾹 다물고는 더 말하지 않았다. 웬일로 한 잔 더 하자는 말도 없이 대충 자리를 파하고 집에 가버렸다. 다른 사람도 아니고 주혁조차 함부로 말하지 못할 이유가 뭐가 있을까. 이후로 몇 번 더 떠보았지만 주혁은 입을 열 생각이 없었다. 그럴수록 동민은 더더욱 그걸 꼭 알아야겠다는 생각에 사로잡혔다.

동민과 선미. 그리고 둘의 아이. 그렇게만 이루어진 단단한 가족을 원했다. 그 틈 사이로 선정이 비집고 들어오는 걸 허용하자 이번에는 주혁이 들어왔다. 주혁 다음에는 누굴까. 주혁이 함께 어울린다는 쓰레기들 아닐까. 끊어야 한다. 아무리 봐도 선정과 주혁은 선미와는 다른 사람이다. 그들을 옭아매고 있는, 동민이 모르는 무언가가 있을 것이다. 그걸 끊어내지 않으면 동민은 영원히 이 시궁창에서 벗어날 수 없다.

그런 생각을 하며 청소기를 밀다가 동민은 커튼에 가려졌던 창가 옆 벽지가 구석부터 푸르스름하게 물들어 있는 모습을 보았다. 순간 동민의 속에서 무언가가 울컥 솟아올랐다. 얼굴이 벌게진 동민은 그 자리에서 소파를 끌어내고 커튼을 걷어냈다. 벽지 위에 점점이 박혀 있는 건 분명 곰팡이였다. 아무리 청소를 열심히 하고 쓰레기를 집어내봐야 소용없었다. 곰팡이는 동민의 보금자리에 갈라진 틈을 타고 밖에서부터 스멀스멀 파고들고 있었다.

"오빠! 뭐 하고 있는 거야?"

정신을 차렸을 때 동민은 눈이 뒤집힌 채로 벽지를 뜯어내고는 락스가 묻은 타월로 곰팡이 위를 미친 듯이 비벼대고 있었다. 그리고 그 뒤에서 선미가 손으로 입을 가린 채 동민을 바라보고 있었다.

*

결국 동민은 선정을 불러냈다. 지난번 선정이 데리고 갔던 그 무인텔이었다. 통보한 시간을 30분 넘겨서 선정이 나타났다. 거칠게 팔을 잡아끄는 동민을 보며 선정이 놀리듯 말했다.

"아우. 좀 살살해. 그렇게 급해?"

"너. 주혁이한테 어디까지 말했어?"

"뭘? 뭘 말해. 내가 걔한테."

"주혁이가 어떻게 나하고 선미 문제를 아느냐고!"

"아. 난 또. 말 안 했어. 걔가 좀 눈치가 빨라. 안 그
래 보여도. 나 어디 가서 오빠 얘기 안 하고 다녀. 오빠
도 알잖아. 내가 얼마나 비밀을 잘 지키는지."

선정은 그렇게 말하며 자기 입을 꾹 닫는 시늉을
했다. 하나도 심각해 보이지 않았다. 애초에 선정에게
심각한 문제가 있을까 싶었다. 동민이 한숨을 쉬며 다
시 물었다.

"그렇다고 쳐. 그럼 그건 뭐야? 주혁이 말로는 선미가
나하고 안 하려는 이유가 있다는데. 그게 대체 뭐야?"

"그 자식이 그런 얘기를 했어?"

순간적으로 선정의 얼굴이 굳었다. 이것만큼은 선
정에게도 심각한 문제인 모양이다. 동민이 재촉했다.

"대체 뭐냐고."

"뭐긴 뭐. 말이 되는 소리를 해야지. 선미가 왜 오빠
랑 안 하려고 해? 노력하는 거 알잖아. 주혁이 걔가 하
는 말. 반은 헛소린 거 몰라? 오빠 언제부터 주혁이 말
을 그렇게 믿었어?"

선정의 얼굴은 어느새 아까처럼 빙글거리는 표정으로 돌아가 있었다. 그러고는 동민에게 바짝 다가오며 허리에 팔을 감았다. 동민이 한 발짝 뒤로 물러나며 말했다.

"장난치지 말고. 대답이나 해. 나는 눈치가 없는 줄 알아? 선미에게 대체 무슨 일이 있었던 거야?"

"내가 듣기로는 선미가 아니라 오빠가 문제라던데. 검사 좀 해 봐야겠다."

선정이 동민을 침대 쪽으로 밀며 바지 안으로 손을 넣었다. 동민이 밀어내려 했지만 둘은 그대로 엉켜 침대 위로 쓰러졌다. 짓눌린 선정의 가슴이 또렷하게 느껴졌다. 선정은 속옷을 입고 있지 않았다. 선정의 차가운 손가락이 능숙하게 동민의 허벅지 사이로 파고들었다. 선정의 뜨거운 입김이 동민의 목을 간질였다. 하얘진 머릿속으로 선정의 속삭임이 비집고 들어왔다.

"와우. 전혀 문제없는데? 아무래도 이건 오빠랑 내가 더 잘 맞나 봐. 그러니까… 괜히 선미 고생시키지 말고 이건 나랑 하자니까?"

동민이 뭐라 반박하기도 전에 선정의 혀가 밀고 들어왔다. 밀어냈어야 하는데 그러지 못했다. 적어도 그 순간에는 선정의 말에 일리가 있다고 생각되었다. 사실 생각하지도 않았다. 동민은 이미 생각 같은 걸 할 수 있는 상태가 아니었다. 그 어느 때보다도 단단해진 자신이 좋았고 그 순간을 잃고 싶지 않았다. 동민은 선정을 휘어 감으며 선정의 혀를 깊게 빨아들였다.

잡아먹을 듯이 선정의 몸을 핥아대던 동민이 선정 위에 올라타려고 할 때, 무슨 생각이 들었는지 선정이 갑자기 허리를 뒤로 빼며 말했다.

"아. 오빠. 나 오늘은 그냥 내가 입으로 해주면 안 될까?"

"뭐?"

"오빠 게 먹고 싶어서."

선정이 동민의 귀에 대고 달콤하게 속삭였다. 그건 선정의 실수였다. 그 이후로 동민은 선정조차 막을 수 없는 짐승이 되어 버렸다. 미친 듯이 허리를 움직이던 동민이 사정하기 직전에 절규했다.

"내가 더 잘하지? 그치? 주혁이 그 새끼보다. 내가! 더! 잘하잖아! 안 그래?"

"푸하핫!"

선정이 웃음을 터뜨렸다. 그와 동시에 동민은 사정했다. 광기가 빠져나간 자리에 순서를 기다리던 온갖 저열한 감정들이 앞다퉈 밀려들었다. 그냥 그 자리에서 죽고 싶은 기분이 되어버린 동민의 머리를 선정이 자신의 가슴에 끌어안았다. 그러고는 머리카락을 쓰다듬으며 말했다.

"어떡하지? 나 오빠가 이렇게 귀여운 줄 몰랐는데."

동민은 아무 말도 하지 못했다. 아무 말도 할 수 없었다. 선정이 씻고 먼저 나갈 때까지도 동민은 땀과 체액으로 물든 침대 위에서 꼼짝도 못 하고 쓰러져 있었다. 쾅 하고 문이 닫히는 소리가 들린 후에야 동민은 콘돔도 끼지 않은 상태로 그대로 사정했다는 사실이 떠올랐다. 그리고 애초에 선정을 불러낸 이유에 대해서는 제대로 묻지도 못했다는 걸 깨달았다.

＊

이번에도 선정은 비밀을 지켰다. 선정은 조금도 달라지지 않은 모습으로 예전처럼 동민의 집에 드나들었다. 둘 사이의 관계를 선미가 눈치챌 걱정은 하지 않아도 될 것 같았다. 대신 동민도 선정에게 더 이상 캐물을 수 없었다. 모든 건 이번에도 선정의 의도대로 되었다. 다행인지는 몰라도, 정말로 자신감이 회복되었는지 며칠 뒤 가졌던 선미와의 관계에서 동민은 겨우겨우 성공할 수 있었다. 선미는 여전히 힘들어했지만 동민이 사정을 마치자 안도의 한숨을 쉬며 동민을 꼭 안아주었다.

네 사람의 관계는 다시금 아슬아슬한 평형점으로 돌아갔다. 동민으로서는 얼기설기 얽힌 그 관계가 어떻게 평형을 이루는지 짐작할 수조차 없었다. 그저 자신이 넘어지지 않고 있다는 사실에 만족해야 했다. 언젠가 그 평형이 깨져버리면 동민은 그저 무력하게 쓰러질 수밖에 없었다. 아이가 생기는 게 동민의 유일한 희망이었다. 아이만 있으면, 동민과 선미 그리고 아이 세 사람만으로도 안정적으로 설 수 있을 것 같았다. 그렇게 되면 선정과 주혁이 아무리 뒤흔들어도 넘어질 일은 없을 것이다. 동민은 그렇게 믿었다.

얼마 뒤, 선미가 들뜬 얼굴로 동민을 잡아끌었다.

"오빠. 좋은 소식이 있어."

"무슨 소식?"

"드디어 아이가 생겼대."

"뭐? 진짜? 정말 잘 됐다! 얼마나 됐어?"

"6주."

"세상에! 와 진짜 안 믿긴다. 너 앞으로 집안일 절대 하지 말고. 특히 세제 같은 거 만지지 말고. 아니 일단 같이 병원부터 가보자. 내 눈으로 확인하고 싶어."

뛸 듯이 기뻐하며 선미의 배를 만지는 동민의 손을 선미가 어색하게 밀어냈다.

"아니. 나 말고. 선정이 말이야."

그때 자신의 표정이 어떻게 무너지고 널뛰었는지 동민은 차마 짐작할 수조차 없었다. 다행히 선미는 그걸 좋은 의미로 해석했다.

"미안해. 오빠 많이 기다리고 있었구나. 우리도 곧 좋은 소식 있겠지. 아, 근데 선정이네… 진짜 고생했거든. 사실 선정이가 그래 보여도 예전부터 애들을 좋아했어. 애들도 선정이를 좋아하고. 그런데 같이 산 지 한참이 돼도 애가 안 생기까. 처음에는 괜히 주혁이 원망하고 그러기도 했는데. 에휴. 이제 다 지난 일이지 뭐. 아냐. 지금부터 시작이지. 정말 조심해서 예쁘게 낳아야지. 그래서 그런데… 오빠 나 선정이한테 신경 좀 많이 써야 할 것 같아. 그러다 보면 아무래도 오빠한테는 조금 소홀해질 수도 있는데. 오빠 사랑하는 마음 달라져서 그런 거 아니니까. 너무 서운하게 생각하지 말았으면 좋겠어. 오빠 이해하지? 이해해줄 수 있겠지?"

동민은 겨우 고개를 끄덕였다. 선정에게 전화하려는지 선미는 콧노래까지 부르며 침실로 들어갔다. 동민은 멍하니 거실에 선 채로 선정과의 그날을 꼽아보았다. 날짜는 정확하게 맞아 들어갔다. 물론 아닐 수도 있다. 하지만 그렇게 안 생기던 아이가 갑자기 생겼다면 그날과 연관이 있다고 생각할 수밖에 없었다. 아닐 거야. 아닐 거라고 되뇌면서도 동민의 머릿속에는 온갖 상상이 떠올랐다. 도대체 어떻게 해야 할지 감을 잡을 수 없었지만 한 가지는 확실했다. 만일 그 아이가 동민의 아이라면…. 이건 선정과의 관계만 정리한다고 해서 해결되는 문제가 아니었다.

이제 동민의 삶에서 선정을 끊어내는 건 영영 불가능한 일이 되어버렸다. 동민이 그토록 원하던 아이. 선미와의 관계를 단단히 이어서 그 외의 모든 관계를 끊어낼 중심점이 될 거라고 믿었던 아이가 통제할 수도 없고 예측할 수도 없는 파도가 끊임없이 들이닥칠 통로가 되어버릴 줄은 몰랐다. 그뿐이 아니다. 이 아이는 동민의 삶을 단순히 흔드는 게 아니라 통째로 지옥 밑바닥까지 끌어내리고 말지도 모른다.

동민이 소파에 털썩 주저앉았다. 소파 뒤쪽에 임시로 붙여놓았던 시트지가 툭 하고 떨어졌다. 벽 틈새에서 다시 곰팡이가 시퍼렇게 피어올라 있었다.

선미는 곰팡이가 핀 벽뿐 아니라 집 전체의 벽지를
죄다 떼어내고 전문 업체를 불러 소독과 갈라진 틈새
를 메꾸는 작업까지 완벽하게 처리한 뒤 다시 도배했
다. 동민의 책장은 침실로 옮겨졌고 책의 절반은 상자
로 들어갔다. 그리고 서재였던 방에는 형형색색의 동
물들이 그려진 유아용 벽지를 도배하고 선정과 주혁
을 아예 집으로 불러들였다. 선정이 임신 4개월 차에
들어가던 때였다.

선미는 그 모든 걸 허락해준 동민에게 고마워하고
또 미안해했다. 동민의 심경은 복잡했다. 선정이 그런
티를 전혀 내지 않았는데도 동민은 선정이 품고 있는
아이가 자신의 아이라는 의심을 지울 수 없었다. 아이
를 지워야 한다는 생각은 들지 않았다. 오히려 반대였
다. 만에 하나 그럴지 모른다는 생각만으로도 동민은
자신이 나서서 선정을 집에 들이고 돌봐주고 싶은 마
음이었다. 그러니 선미가 선정에게 신경 써주는 게 싫
을 리 없었다. 문제는 주혁이었다.

주혁은 집에 들어오는 날보다 그러지 않는 날이 더
많았다. 그나마 들어올 때도 술 냄새를 풀풀 풍기기

176

일쑤였다. 그럴 때면 주혁이 거실 소파를 차지했다. 얌전히 잠이나 자면 다행이었다. 동민이랑 한 잔 더 하겠다며 술과 안줏거리를 사 들고 들어오는 날이면 말리느라 진땀을 빼야 했다. 가끔 만나서 술을 마실 때도 마음에 들지 않았지만 함께 살아보니 주혁은 상상했던 것보다 더 엉망이었다. 나날이 배가 불러오는 선정을 돌보는 일은 선미에게 떠넘긴 주제에 오히려 힘든 건 자신이라며 하소연했다.

"형. 서운하게 듣지 말아요. 그냥 내가 솔직하게, 또 우리 사이에 숨기고 그러는 거 싫잖아요. 다 고맙죠. 형도 고맙고 선미 누나도 고맙고 다 고마운데. 그래도 남의집살이라는 게. 특히 부부끼리. 마음대로 응? 할 수도 없고. 형 무슨 말인지 알죠? 뭐 그렇게 따지면 형한테도 미안하죠. 아무래도 우리가 있으니까. 응? 형 근데. 신경 쓰지 마요. 우리 신경 전혀 쓰지 말고. 마음대로 해도 돼. 아셨죠?"

예전에 주혁이 선정과의 관계에 대해 선을 넘는 농담을 할 때 느꼈던 감정이 묘한 질투라면 지금은 역겨움이었다. 선정과 주혁의 관계를 상상하는 게 끔찍하게 역겨웠다. 심지어 상상에 그치지도 않았다. 어느 날 물을 마시러 거실에 나온 동민은 문 너머로 새어 나오는 숨죽인 신음을 들어야 했다. 그 순간 동민은 주혁이 배 속에 있는 자신의 아이를 능욕하고 있다는 혐오감에 휩싸였다. 당장 방문을 열고 주혁의 머리채를 잡아 끌어내고 싶은 충동을 간신히 억눌렀다.

선정의 배가 불러가는 게 눈에 보일수록 배 속의 아이가 자신의 아이라는 동민의 믿음도 함께 커졌다. 그와 동시에 근심과 절망 또한 커졌다. 저 아이의 아빠는 주혁이 될 것이다. 동민이 겪었던 일들. 동민이 이를 갈며 자신만큼은 누구에게도 휘둘리지 않는 독립적인 삶을 살겠다고 다짐하게 했던 그 일들을 아이는 고스란히 겪을 것이다. 자신의 유전자를 고스란히 물려받은 자신의 아이가 그런 일을 겪을지도 모른다는 상상이 동민을 좀먹어 들어갔다.

차라리 내가 더 훌륭한 아빠가 되어줄 수 있지 않을까. 아빠가 아니라 이모부라고 불리더라도. 아이를 위해서. 어느 순간 동민은 그렇게 생각하게 되었다. 주혁만 없다면 선미와 선정과 함께 셋이 같이 사는 것도 나쁘지 않겠다는 생각이 들었다. 아니. 만일 그 아이가 정말 동민의 아이라면 반드시 그래야 했다. 주혁만 없다면. 대체 왜 선정은 주혁 같은 쓰레기와 함께 사는 걸까. 선정은 그렇다 치더라도 왜 선미까지 주혁을 감싸고 도는 걸까. 주혁이 일 핑계를 대고 늦게까지 들어오지 않은 어느 날, 동민은 조심스럽게 말을 꺼내보았다.

"주혁이 그 녀석. 도저히 버릇을 고칠 기미가 안 보이네. 이런 말 하긴 그렇지만, 우리 아버지를 봐서 잘 알거든. 그거 절대 못 고쳐. 결국 어머니도 못 버티시고 떠났으니까. 어릴 땐 몰랐지만 지금 생각해보면 차라리 어머니가 진작 그 결단을 내리셨으면 어떨까 싶어. 어머니 인생도 있으니까."

"애가 태어나면 좀 정신을 차리지 않을까. 그래도 애 아빤데."

선미의 말을 동민은 정색하며 받았다.

"날 보면 몰라? 내가 태어났다고 우리 아버지가 변한 줄 알아? 오히려 더 바람피우고 다녔대. 지금 주혁이처럼."

"바람이라니. 오빠 말이 좀 심하다. 주혁이 걔가 워낙 사람 만나는 걸 좋아해서 그렇지. 선정이 놔두고 바람피우고 다닐 애는 아니야."

"주혁이 걔 얼굴값 한다며? 선정이가 쫓아가서 머리채 잡은 여자가 한둘이 아니라며? 네가 그랬잖아?"

"그건. 어릴 때. 연애할 때 얘기지. 그리고 사실 여자

애들이 먼저 달라붙는 거지. 주혁이는 별로 잘못 없어. 그냥 정이 많아서….”

오늘따라 선미는 더 주혁을 감싸고 돌았다. 적어도 동민에게는 그렇게 느껴졌다. 동민은 기가 막혀 하며 언성을 높였다.

“정이 많아? 우리 아버지가 주변 사람들한테 제일 많이 들은 말이 뭔지 알아? 정 많고 사람 좋다는 말이야. 주혁이 그 자식이 정이 많으면 자기 애는 내팽개쳐 놓고 밖으로만 나돌겠어? 어? 애가 어떻게 되든 말든 제 욕심만 채우려고. 내가 말을 안 해서 그렇지….”

동민은 거기서 말을 멈췄다. 동민이 가장 참지 못하는 게 주혁과 선정의 부부관계라는 걸 선미에게 말할 수는 없었다. 선미는 그 틈을 타서 동민을 달래려 애썼다.

“오빠가 걱정하는 건 잘 알겠는데, 선정이가 알아서 잘할 거야. 걔가 보통 애야? 주혁이가 마음에 안 들었으면 쳐내도 벌써 쳐냈지.”

“말이 나왔으니까 말인데. 선정이는 대체 주혁이 걔 어디가 좋은 거야? 그깟 허우대 멀쩡한 거 빼고. 하고 다니는 짓이나 뱉고 다니는 말이나. 제대로 된 게 하나도 없는데. 뭐가 좋아서 그렇게 다 받아주면서 사는 거야?"

"받아주긴 주혁이가 더 많이 받아줄걸. 오빠가 몰라서 그렇지."

"내가 뭘 모르는데?"

동민이 캐묻자 선미가 조금 당황했다. 선미는 괜히 하품을 하더니 대충 얼버무리며 자리에서 일어났다.

"부부 사이를 어떻게 알아. 그냥 선정이 성격이 받아주면서 사는 성격은 아니니까. 오빠. 나 좀 피곤하다. 주혁이는 나도 기회 봐서 한마디 할게. 오빠는 너무 신경 쓰지 마. 일도 바쁠 텐데."

동민은 아무래도 선미와 선정 그리고 주혁 사이의 관계가 마음에 들지 않았다. 이해가 가지 않는 부분이 한둘이 아니었다. 동민이 캐물으려 하면 말을 돌리고 얼버무리는 것도 의심을 더했다. 주혁만 없으면 모든 게 해결될 것 같았다. 주혁만 없으면. 그때부터 동민은 주혁의 일거수일투족을 감시했다. 바람을 피우지 못하게 하기 위해서가 아니었다. 결정적인 증거를 잡으려면 바람을 피워야 했다. 동민은 오히려 주혁이 바람을 피우기를 간절히 바랐다. 그래야 주혁을 동민의 인생에서 잘라내버릴 수 있으니까.

주혁이 사람을 좋아하는 건 사실이었다. 사업인지

영업인지는 몰라도 주혁은 끊임없이 사람을 만나고 술을 마셨다. 그 대부분은 남자였다. 여자와 둘이 따로 만나는 일은 없었다. 남자 여자를 떠나서 단둘이 만나는 경우가 거의 없었다. 술자리에서 여자들에게 인기가 많았지만 자세히 보면 남자들에게 더 인기가 많았다. 주혁은 그냥 사람들을 좋아하고 사람들이 좋아하는 사람이었다. 물론 그 사람들이 동민과 어울릴 만한 사람들은 아니었다. 하지만 그런 사람들과 어울린다는 이유로 주혁을 내칠 수는 없었다.

동민은 애가 탔다. 이미 직장에서는 동민이 정상이 아니라는 걸 눈치챘다. 일에 집중을 못 하고 멍하니 앉아 있다가 꾸벅꾸벅 졸기도 했다. 그러다가도 퇴근 시간이 되면 칼같이 짐을 챙겨 나갔다. 동료들이 수군거리는 걸 느끼면서도 동민은 멈추지 못했다. 조금만 더 쫓아 다니다 보면 증거를 잡을 수 있을 것 같았다. 그런 동민을 어느 날 부장이 불렀다.

"자네 요즘 자꾸 딴생각을 하고 다니는 것 같아. 바람피워?"

"네? 아뇨. 아닙니다. 그럴 리가요."

"애는 아직 없나? 애가 빨리 생겨야 가정이 안정이 되지."

"노력하고 있습니다."

"그래. 내가 자네를 믿고 소개해준 건데. 한눈팔고 그러면 내 입장이 뭐가 되겠나. 안 그런가?"

그제야 선미를 소개해준 게 바로 부장이라는 사실이 떠올랐다. 대체 부장은 왜 동민에게 선미를 소개해준 걸까. 아니 선미에게 동민을 소개해준 걸까. 부장은 선미와 어떤 관계일까.

"네. 부장님 말씀 명심하고 처신 잘하겠습니다. 아, 그렇지 않아도 궁금했는데 말입니다. 혹시 선미는 어떻게 알게 되신 건지 여쭤봐도 되겠습니까?"

"아. 그거. 선미가 말 안 했나?"

"네. 뭐. 그냥 건너 건너 아는 분이라고만."

그러고 보니 동민은 과거의 선미에 대해 아는 게 별로 없었다. 안다고 생각했는데 따지고 보니 특별히 아는 게 없었다. 선미가 해준 과거 이야기는 하나같이 평범했다. 인상적인 부분이라고는 없었다. 부모님에 대해서는 일찍 돌아가셨다는 것밖에 모른다. 그것만큼은 선미가 꺼리는 눈치라 캐묻지 못했다.

"그 말대로, 건너 건너 아는 사람이야. 아주 독실한 분이라 내 믿고 소개해줬지."

"독실이요? 선미는 교회에 안 다니는 것 같던데."

"응. 교회는 아니고 무슨 봉사 단체에서 만났다던데. 아가씨가 아주 참한데 눈이 높아서 문제라고. 괜찮은 사람 있으면 소개시켜 달라더라고. 그런데 마침 자네가 조건이 딱이길래 추천했지."

"제가요? 좋게 봐주셔서 감사합니다. 제가 뭐… 대단한 것도 없는데."

"하하. 아냐 뭐. 자네 정도면 성실하고, 그리고 눈 높다는 사람들이 단순히 좋은 조건 찾는 게 아니거든. 평범한 조건 맞추는 게 더 힘들어. 부모님한테 물려받을 게 많은 사람은 찾으면 많아요. 근데 물려받을 게 하나도 없는 사람을 좋아한다고 하면 또 골치 아픈 거거든."

"아. 선미가 그랬나요?"

"응. 뭐. 자네 부모님하고 사이가 안 좋았다며? 아니 그러니까… 아주 독립적인 사람을 좋아하는구나 싶어서 자네를 소개해준 거지. 하여튼 잘 지낸다니 됐고. 사람들한테 말 안 나오게 해. 알겠지?"

부장은 그렇게 대충 말을 끊으며 동민을 내보냈다. 부장 역시 선미에 대해서는 잘 모르는 눈치였다. 그에 비해 동민에 대해서는 부모님과 사이가 안 좋다는 것까지 알고 있었다. 동료들과의 술자리에서 몇 번 푸념을 늘어놓은 기억은 있었다. 그런 소문이 퍼져서 부장의 귀에까지 들어가는 것도 놀랄 일은 아니었다. 하지만 선미가 내걸었다는 조건이 아무래도 꺼림칙했다. 부장 말대로 독립적인 사람을 찾았다면 충분히 납득이 간다. 그건 충분히 동민이 아는 선미답다. 동민은 왠지 선미가 내건 조건이 실제로는 부장이 언뜻 말했던 대로 부모님과 사이가 좋지 않은 사람이었다는 느낌이 들었다.

선미는 왜 동민을 좋아할까. 그런 생각은 별로 해본 적이 없었다. 동민이 그랬듯 선미 역시 첫눈에 반했을 거라고 막연히 믿었다. 선정은 왜 주혁을 버리지 못할까. 아니 좋아할까. 어쩌면 그 두 이유가 같은 건 아닐까.

주혁을 미행하며 동민은 자꾸 그런 생각이 들었다. 아니다. 그럴 리 없다. 주혁은 동민과 완전히 다른 사람이다. 그래야만 했다. 무엇보다 주혁은 전혀 독립적인 사람으로 보이지 않았다. 하지만 부모님과 사이가 좋지 않은 점이라면 어떨까. 주혁이 부모님 얘기를 하는 걸 들은 적이 없다. 동민 역시 주혁에게 그런 얘기를 한 적이 없다. 아버지의 장례식장을 지키면서도 동민은 아버지가 어떤 사람이었는지 한마디도 하지 않았고 주혁도 묻지 않았다.

그런 생각에 빠져 있다가 동민은 주혁을 시야에서 놓쳤다. 분명히 자리에 앉아 사람들과 왁자지껄 떠들고 있었는데 정신을 차려보니 의자가 비어 있었다. 화장실에라도 간 걸까. 몇 테이블 건너에 앉아 주변을 두리번거리던 동민의 귀에 주혁의 목소리가 들렸다.

"형. 여기서 뭐 해요?"

주혁이었다. 주혁은 당황한 동민의 얼굴을 보며 혀를 끌끌 차더니 맞은편에 앉았다.

"형. 나 미행해요?"

"아니. 미행은…. 약속이 있었는데 우연히…. 근데 그 약속이 깨져 가지고."

"됐고요. 에휴. 한잔하시죠. 나가서 따로."

동민은 속절없이 주혁을 따라갈 수밖에 없었다. 주혁은 한층 더 으슥한 골목으로 동민을 끌고 갔다. 내키지 않는 걸음을 옮기며 동민의 머릿속에서는 한 가지생각만 맴돌았다. 선미와 선정에게 들켜선 안 된다.

"걱정 마세요. 아무한테도 말 안 할 테니까."

가운데 연탄이 들어가는 허름한 테이블에 앉아 석쇠에 고기를 올리며 주혁이 말했다. 잔뜩 긴장한 동민은 주혁이 따라 주는 대로 유리잔에 반 넘게 채운 소주를 두 잔이나 비운 상태였다. 동민이 가늘게 한숨을 내쉬었다. 그 모습을 보고 주혁은 인상을 찌푸리더니 동민의 잔에 다시 소주를 채웠다.

"형. 내가 왜 선정이랑 사는지 궁금하죠."

궁금한 건 그 반대였다. 그래도 동민은 묵묵히 소주를 들이켜고는 주혁의 말을 기다렸다. 주혁은 자신의 잔을 비우고 다시 소주를 채우며 말을 이었다.

"선정이가요. 아주 깔끔해요. 안 그래 보여도. 지킬 것만 딱 지키면 터치를 안 하거든요. 근데 제가 지켜야 할 게 뭘까요. 제일 중요한 게 배신을 안 하는 거예요. 선정이를. 무슨 말인지 아시겠어요?"

지금 이렇게 주혁의 앞에 고개를 숙이고 앉아서 설교를 듣고 있는 자신의 상황을 동민은 도저히 받아들이기 힘들었다. 주혁보다 더한 쓰레기가 된 기분이었다. 주혁의 말이 틀리지 않아 더더욱 그랬다. 한편으로는 한심하고 한편으로는 억울했다. 내가 이렇게 한심한 짓을 한 것도 다 주혁이 너 때문이야. 동민은 애써 그렇게 되뇌었다.

"그래요 뭐. 형이 나 무시하는 거 아는데. 근데 나 그렇게 무시할 거면 형은 그러면 안 되잖아요. 이런 짓 하면 안 되잖아. 안 그래요? 나 형 존경한다니까. 응?

근데 형이 날 미행해요? 날 못 믿고 미행을 해? 선정이
도 안 하는 짓을? 아이, 씨 진짜! 내가 이래서 형 같은
사람들. 아이 됐다. 내가 이러면 안 되지."

"미안하다. 나쁜 뜻은 없었어. 나는 그냥…. 혹시나
네가 엇나가면…. 걱정되는 마음에."

"아, 진짜! 형! 내가 지금 참으려고 하고 있잖아. 응?
근데 아직도 이러면 안 되지. 나 이해한다니까? 내가
얼마나 이해를 잘하는 사람인지 알아요? 응? 난 다 이
해해. 선정이 믿고! 선미 누나 믿고! 형도 믿고! 믿으니
까 이해를 하는 거예요. 근데 형이 그 믿음을 깨면 안
되지. 안 그래요?"

"미안하다."

그 말밖에는 할 수 없었다. 대신 씩씩대는 주혁의
잔에 소주를 채워주었다. 주혁은 동민이 따라준 소주
를 단번에 비웠다. 다시 술을 채우는 동민에게 주혁이
살짝 혀가 꼬인 채로 말했다. 목소리는 조금 누그러져
있었다.

"형. 내가 그랬죠. 우린 복 받은 거라고. 그 두 사람.
일란성. 말만 잘 들으면. 우리는 만사 오케이예요. 형은
근데 자꾸 뭘 하려고 하더라고. 그래 뭐, 선미 누나는
또 그런 거 좀 좋아하긴 해요. 형이 잘 몰라서 그러는

데 선정이보다 선미 누나가 훨씬 더 무서워요. 그러니까 형은 조심해야 돼. 오늘 나한테 들킨 게 형은 진짜 운 좋은 거예요. 무슨 말인지 알아요?"

무슨 말인지 잘 이해할 수는 없었다. 그냥 주혁이 선미의 이름을 입에 올리는 것 자체가 싫었다. 주혁의 당당한 태도가 싫었다. 이방인은 주혁이어야 했다. 그런데 지금 이 순간 이방인은 동민이었다. 선미, 선정, 주혁으로 이루어진 단단한 가족에 군더더기로 붙어 있는 이방인. 그들 사이에는 비밀이 공유되고 속삭임이 이어진다. 동민은 그들을 이해할 수 없다. 비참함에 고개를 푹 숙인 동민이 조금 안쓰러워 보였는지 주혁은 동민의 잔에 술을 채우며 어깨를 툭툭 두드렸다.

"아이 또 형. 내가 좀 뭐라 그랬다고 기가 팍 죽어가지고. 그럼 안 되지. 형. 우리가 동서잖아. 구멍 동서가 아니라 진짜 동서. 구멍 동서면 안 되지. 그럼 큰일 나지. 히히. 아 형 이런 농담 싫어하지. 미안해요. 근데. 형은 이런 농담 싫어하는 사람이고. 나는 좋아하는 사람이고. 그래도 그냥 같이 사는 거예요. 그게 가족이잖아. 안 그래요? 그러니까 나도 형이 이런 거 싫어하는 거 가지고 뭐라고 하면 안 되고. 형도 내가 이런 농담 하는 거 가지고 뭐라고 하면 안 되고. 무슨 말인지

일란성   **189**

알아요?"

이건 무슨 말인지 알 것 같았다. 이제 동민이 눈치를 봐야 할 건 선정뿐만이 아니다. 주혁의 눈치도 봐야 한다. 주혁이 자신의 집 안에서 마음껏 설치도록 내버려두어야 한다.

사실 동민이 주혁을 미행한 것 자체는 선미나 선정이 알게 되더라도 그렇게 대단한 일은 아니다. 충분히 변명할 수 있다. 그럼에도 불구하고 동민은 그날 주혁과의 대화를 통해 무언가를 잃어버렸다. 살면서 그렇게 스스로가 하찮게 느껴진 건 처음이었다. 어머니가 노골적인 신경질을 퍼부을 때도 동민은 자신의 처지가 초라하지 자신이 초라하다고 생각하지는 않았다.

처제와 불륜을 저지른 주제에 처제의 남편을 의심하고 불륜을 저지르는 장면을 잡겠다며 미행한 사람. 그것도 제대로 못 해서 들키고 한바탕 훈계를 들은 사람. 아내와의 사이에서는 아이를 못 만들면서 처제를 임신시킨 사람. 자신의 아이를 자신의 아이라고 하지도 못하는 사람. 그러면서도 세상에서 혼자 깨끗한 듯 결벽을 떠는 사람. 그게 동민이었다.

죽고 싶다는 생각조차 들지 않았다. 동민은 자신에게는 죽을 용기조차 없다는 걸 깨달았다. 반쯤 정신이 나간 상태로 출근해서 일을 하고 상사에게 듣는 험한 말에도 죄송하다는 말만 반복하고 퇴근해서는 말없이 밥을 먹고 일찍 잤다. 선미가 선정을 챙기는 일로 눈코 뜰 새 없이 바쁘지 않았다면 동민의 상태가 이상하다는 걸 훨씬 빨리 눈치챘을 것이다.

"오빠. 요즘 무슨 일 있어? 왜 이렇게 힘이 없어?"

"아냐. 그냥. 조금 피곤해서."

고개를 푹 숙인 동민을 선미는 다정하게 안아주며 속삭였다.

"미안해. 내가 요즘 너무 소홀했지. 선정이가 무사히 아이 낳을 때까지만. 병원에서 그러는데. 남들보다 더 많이 조심해야 한대. 힘들게 가진 아이라서. 이것만 잘 끝나면 내가 오빠 진짜 신경 많이 써줄게."

"아냐. 선미 네가 제일 힘들지. 내가 도와줘야 하는데. 미안해."

"오빠는 충분히 많이 도와주고 있어. 오빠 성격 아는데. 선정이나 주혁이에게 한마디도 안 하고. 진짜 고마워."

선미가 고맙다고 할수록 동민은 더 비참한 기분이 되었다. 언젠가부터 동민은 선미와 아이를 만들려고 시도하지 않았다. 도저히 의욕이 생기지 않았다. 마음

뿐 아니라 몸도 그랬다. 선미가 적극적으로 나온다고 해도 가능할 것 같지 않았다. 선미도 은근히 다행이라고 생각하는 눈치였다. 동민은 그렇게 껍데기처럼 살았다. 벽에서 번져가던 곰팡이를 동민이 죄다 들이 마셔버린 기분이었다. 심지어 그냥 이렇게 사는 것도 별로 나쁘지 않을 것 같았다.

지킬 것만 딱 지키면 터치를 안 하거든요.

말만 잘 들으면. 우리는 만사 오케이예요.

형은 근데 자꾸 뭘 하려고 하더라고.

이제야 주혁의 말이 이해가 갔다. 주혁이 왜 그렇게 살고 있는지 알 것 같았다. 하지만 이제 주혁은 그렇게 살지 않았다. 이래도 되나 싶을 정도로 선을 넘었다. 물론 그 선은 선정이 아니라 동민이 그어놓은 선이었다. 주혁이 집에 있는 시간이 늘어갔다. 주혁은 더할 나위 없이 편하게 동민의 집을 활보했고 오히려 동민이 눈치를 보았다. 주혁이 아니라 동민이 객살이를 하는 것 같았다.

어느 날 밤 거실에 나온 동민은 주혁의 방에서 나는 신음을 들었다. 동민은 자기도 모르게 방문에 다가가 귀를 대었다. 선정이 내뱉는 거친 숨소리가 들렸다. 작게 속삭이는 소리가 들렸다. 동민은 주혁에게 희롱

당하는 선정의 몸을 상상했다. 그러고는 어느샌가 자신의 아랫도리가 단단해진 걸 느꼈다. 동민은 자신이 변명할 여지도 없는 쓰레기 중의 쓰레기라는 걸 확인했다. 입을 가리고 소리 없이 쿡쿡 웃었다. 쓰레기가 된 자신에게 이제 남은 건 딱 하나밖에 없다고 동민은 생각했다.

*

나를 구원할 수 있는 건 선정뿐이다. 그게 동민의 결론이었다. 선미에게는 그 어떤 말도 할 수 없었다. 앞으로도 계속 선미 앞에서는 껍데기로 살아갈 것이다. 그래도 괜찮을 것 같았다. 아니 그게 최선일 것 같았다. 뭘 하려고 하지 않고. 괜히 선미를 괴롭히지 않고. 풀고 싶으면 선정에게 풀면서. 선정에게는 뭐든 할 수 있으니까. 동민이 쓰레기 중의 쓰레기여도 선정은 개의치 않을 테니까.

"오빠 진심이야?"

선정이 눈을 동그랗게 뜨며 물었다. 화장기 없는 선정의 얼굴은 선미와 너무 비슷했다. 그래도 선정은 선정이었다. 재미있다는 듯 입꼬리를 삐죽거리며 선정은 이렇게 말했다.

"그래 뭐. 나 때문에 많이 힘들지? 요즘에 그걸 못 풀어서 그렇게 힘들었던 거야? 진작 얘기를 하지 그랬어. 우리 오빠 또 소심해가지고."

그렇게 말하며 선정은 동민의 벨트를 풀었다. 선정에게 내밀어진 동민의 물건은 전에 없이 단단해져 있었다. 선정은 그걸 귀엽다는 듯이 쓰다듬었다.

"오빠 진짜 많이 참았나 보네. 어떡하지. 너무 커서 아플 거 같은데. 오빠 나 최대한 조심해야 하는 거 알지?"

그렇게 말하며 선정은 치마를 끌어 올리고 속옷을 벗어 내렸다. 그러고는 동민에게 등을 보이며 옆으로 누웠다. 꽤 불룩해진 선정의 배가 드러났다. 머릿속이 하얘질 정도로 아찔한 와중에도 동민은 그 배 속에 자신의 아이가 들어 있다는 걸 잊지 않았다. 나는 주혁과는 달라. 그 무책임한 녀석과는. 동민은 그렇게 되뇌었다.

동민은 선정의 뒤에 누워 허벅지 사이에 자신의 물건을 끼워 넣었다. 하지만 삽입은 하지 않았다. 그리 길지 않은 시간이 지나 동민은 사정했다. 그걸 바라본 선정은 뒤로 돌아 동민의 머리를 가슴에 꼭 끌어안으며 웃었다.

"역시 나 생각해주는 건 오빠밖에 없다니까. 아주 그냥 이뻐 죽겠어."

눈물이 쏟아질 것 같아서 동민은 꾹 참았다. 선정의 가슴이 너무 따뜻했다. 자신을 위로하는 목소리는 더 더욱 따뜻하게 느껴졌다. 동민은 조금 칼칼해진 목소리로 주혁과의 사이에 있던 일을 털어놓았다. 중간중간 몇 번이나 미안하다는 말을 반복했다. 선정은 동민의 등을 토닥이며 달랬다.

"오빠가 미안할 게 뭐 있어. 다 선미랑 나 위해서 그런 건데. 그런 오해할 만도 하지 뭐. 그러고 보니 주혁이 이 자식 요새 이상하게 나댄다 했더니 그런 일이 있었구나. 내가 따끔하게 버릇 좀 고쳐놔야겠네. 아무리 그래도 오빠가 형인데."

선정에게는 그 어떤 것도 털어놓을 수 있을 것 같았다. 그래도 동민은 주혁과 선정 그리고 선미가 끝내 말하지 않은 것에 대해서는 묻지 않았다. 지킬 건 지켜야 하니까. 언젠가 때가 되면 말해주겠지. 동민은 그렇게 생각했다. 스르륵 눈을 감는 동민의 등을 선정이 찰싹 때렸다.

"오빠! 잠들면 어떻게 해. 선미 올 때 다 됐는데. 얼른 일어나. 이거 절대 들키면 안 돼. 선미는 당연하고, 주혁이도 몰라야 돼. 오빠하고 나만의 비밀이야. 알겠어?"

그렇게 말한 선정은 아차 싶었는지 혀를 쑥 빼물었다.

"이런. 이제 나도 오빠한테 약점을 잡혔네. 오빠 치사하게 이거 이용해서 나 협박하고 그러면 안 돼. 그건 나처럼 나쁜 애만 하는 거야. 알았지? 착한 오빠?"

물론 절대 그럴 생각은 없었다. 비밀은 죽어도 지킬 것이다. 선정과 둘만의 비밀이 생겼다는 생각이 이상할 정도로 동민을 들뜨게 했다. 정말 오랜만에 동민의 몸에서 피가 도는 게 느껴졌다. 선정과의 비밀은 하나가 더 있었다. 진짜 비밀. 배 속의 아이. 선정은 그에 대해 일언반구 말이 없었지만 동민은 이제 그 사실을 의심치 않았다.

그 이후로 동민은 조금씩 활력을 되찾았다. 구원받은 기분이었다. 어딘가 조금 망가졌다는 느낌이 들기는 했지만 돌아가는 데는 문제가 없었다. 그런 모습을 보며 동민은 자신의 결벽 또한 치유 받았다는 생각이 들었다. 어쩌면 이렇게 사는 게 맞는지도 모른다. 심지어 동민은 아버지마저도 용서할 수 있을 것 같았다. 사람 사는 게 다 그런 거지. 뭐가 그렇게 잘났다고.

주혁은 영문도 모른 채 이제야 형하고 말이 좀 통한다며 기뻐했다. 그래. 마음껏 좋아해라. 바보 같은 녀석. 동민은 주혁을 바라보며 선정에게 사정하던 기억을 떠올렸다. 그러고는 희미한 미소를 지으며 뿌듯해했다. 주혁은 동민이 변한 게 자신의 조언 때문이라고 여기는 듯했다. 선정과의 관계를 의심하는 기색은 없었다. 유일하게 불만인 건 선미였다.

"오빠 요즘에 주혁이랑 너무 친해진 거 아냐?"

"아무래도 같이 살다 보니까. 왜? 친해지면 안 돼?"

"친해지는 건 괜찮은데. 닮지는 마. 나는 오빠가 오빠여서 좋아하는 거니까."

"야, 너무 까다롭다. 친해지다 보면 닮기도 하고 그러는 거지."

"안 돼. 진짜 선정이가 애 낳기만 하면 당장 둘 다 내쫓을 거야."

선미의 그 말을 듣고 동민은 가슴이 철렁했다. 선정이 없는 삶을 동민은 이제 상상하기도 싫었다. 선미의 곁에서 깨끗한 껍데기로 살아갈 자신이 없었다. 게다가 아이. 동민은 아이가 크는 모습을 바로 옆에서 보고 싶었다.

"애가 태어나면 그때부터가 진짜 힘들다던데. 선정이네 부부가 잘 할 수 있을까."

"그러게. 그것도 걱정이긴 한데. 그러니까 오빠가 주혁이 좀 잘 잡아. 끌려다니지 말고."

"걔가 어디 내 말을 들을 애니."

"그렇긴 한데. 에휴. 모르겠다."

선미는 그렇게 말하고는 잠시 동민을 빤히 쳐다봤다. 괜히 움찔해서 머뭇거리는 동민의 얼굴을 붙잡은 선미는 입술을 진하게 빨고는 다시 놓아주며 말했다.

"오빠는 내 거야. 명심해."

＊

아이가 무사히 태어났다. 아들이었다. 동민이 보기엔 자신을 조금 닮은 것 같았다. 다행히 다른 누구도 그런 생각을 하지는 않았다. 선미는 선정을 꼭 빼닮았다며 좋아했다. 동민이 농담처럼 말했다.

"그럼 선미 너하고도 닮은 거 아냐?"

"그런 말 하는 거 아니야! 애 듣는데. 애가 엄마를 닮아야지."

그렇게 대답하며 선미는 피식 웃었다. 아이의 힘은 놀라웠다. 네 사람 사이의 복잡한 관계와 무관하게 아이는 모든 사람을 웃게 만들었다. 선미는 마음을 바꿔서 선정이 부부를 조금 더 데리고 있기로 했다. 주혁이 정신을 차린 것도 한몫했다. 주혁은 정말 좋은 아빠가 되기로 결심한 모양이었다.

그 모습을 바라보며 동민은 묘한 소외감을 느꼈다.

자신이 쓰레기라는 자각이 다시금 스멀스멀 기어 나왔다. 게다가 이번에는 동민 혼자였다. 자신만 정신 차리면 동민이 꿈꾸던 이상적인 가족의 모습이 될 수도 있다는 생각은 들지 않았다. 선정이 동민의 아이를 낳은 이상 이 가족은 이미 정상이 아니었다. 그리고 무엇보다도, 동민은 선정을 포기하기 싫었다.

"오빠 좀, 변한 거 알아?"

거칠게 달려드는 동민을 받아주고 나서 선정이 물었다. 선정의 손은 부드럽게 동민의 머리카락을 쓸고 있었다. 헐떡이던 숨을 고르며 동민이 대답했다.

"너도 변했어."

동민의 요구에 군말 없이 응하면서도 선정은 예전 같지 않았다. 차이가 있다면 선정은 더 나아지고 동민은 더 쓰레기가 되었다는 점이다. 그럴수록 동민은 조바심이 났다. 선정이 피식 웃으며 말했다.

"그럼. 나도 이제 엄만데. 정신 좀 차려야지."

"웃기지 마. 날 이렇게 쓰레기로 만들어놓고 너만 새 삶을 찾겠다고?"

동민은 이제 이런 이야기를 거침없이 했다. 물론 선정에게만이었다. 동민의 말을 들은 선정이 천장을 한 번 올려다보고는 쓴웃음을 지었다.

"걱정 마. 내가 쓰레기라는 거 누구보다 내가 제일 잘 아니까."

그렇게 말하는 선정의 목소리가 서늘했다. 동민이 선정의 허벅지 사이로 손을 뻗었다. 선정이 그 손을 탁 쳐내며 타일렀다.

"그렇긴 한데. 세주를 생각해야지. 나는 쓰레기지만, 세주는 그러면 안 되니까. 쓰레기가 아닌 척해야지. 그러니까 오빠도 정신 차리라고. 알았어?"

물론이다. 동민은 깊게 숨을 들이쉬며 몸을 일으켰다. 한세주. 동민은 단 한 번도 세주의 이름에 성을 붙여 부르지 않았다.

선미도 변했다. 이제는 아이를 갖는 일에 선미가 더 적극적이었다. 선미가 삽입을 좋아하지 않는다는 건 분명했다. 그러면서도 어떻게든 날을 잡아 동민을 받아들이려 애썼다. 동민도 아이를 하나 더 갖고 싶기는 했다. 동민의 성을 붙여줄 아이. 자신을 아빠라고 불러줄 아이. 두 아이는 형제처럼 닮았겠지. 같은 유전자를 물려받았을 테니까.

동민이 변한 이후로 딱 하나 좋아진 게 있다면 더 이상 주혁에 대한 열등감에 시달리지 않게 되었다는 점이다. 어쩌면 그게 동민이 쓰레기가 되기로 결심한

단 하나의 이유일지도 모른다. 동민은 선미와 선정을 모두 정복했다는 우월감을 누렸다. 몸뿐 아니라 마음까지도 정복했다고 믿었다. 선정이 정말로 좋아하는 건 주혁이 아니라 자신이라고 생각했다. 그러지 않을 이유가 없었다. 동민은 점점 대담해졌다. 욕실에서 머리카락까지 집어내던 조심성은 버린 지 오래였다. 그러다 결국 사고가 났다.

"아. 오빠. 좀 불안한데. 느낌이 안 좋아."

"어디 더 싫다고 해봐. 그럼 더 흥분되니까."

"아니 오빠. 진짜로."

똑똑똑. 창문을 두드리는 소리가 났다. 두 사람은 선정의 차 안에서 엉켜 있었다. 집 안에서 선미와 주혁의 눈길을 피하기 힘들자 동민은 선정을 억지로 끌고 나왔다. 창문이 내려가고 주혁의 얼굴이 보이자 동민은 오히려 안심했다. 일단 선미가 아닌 것만 해도 다행이었다. 주혁이 제까짓 게 뭐. 어쩌려고.

"하. 씨. 내가 설마 설마 했는데."

"야. 일단 내 얘기 좀 들어봐."

"아, 지랄맞네 진짜. 사람을 호구로 만들어도 분수가 있지."

"한주혁! 일단 타라고."

선정이 낮게 소리 지르자 주혁은 침을 탁 뱉고는 차문을 열고 안으로 들어왔다. 그러고는 한심하다는 듯이 옷으로 대충 가린 동민의 몸을 위아래로 훑었다. 선정이 단호하게 말했다.

"못 본 걸로 해."

"아니 씨팔 내가 봤는데 어떻게."

"못 본 걸로 하면. 이걸로 끝내고. 그 입 놀리고 다니면. 나도 뭐 이왕 이렇게 된 거. 씨팔 끝장을 보고."

오히려 당당한 선정의 기세에 밀려 주혁이 움츠러들었다. 뭐라고 혼잣말로 중얼거리는 주혁에게 선정이 아까보다 누그러진 목소리로 말했다.

"분가하자. 그럼 됐지? 돈은 내가 알아서 할 거고."

"아니 그건 진작 그랬어야지. 내가 이 꼴을 보게 만들고 진짜."

선정의 말에 동민의 심장이 철렁 하고 떨어졌다. 하지만 달리 끼어들 방법이 없었다. 주혁이 동민을 무섭게 노려봤다. 그걸 본 선정이 차갑게 쏘아붙였다.

"오빠 탓 하지 마. 내가 하자 그런 거니까. 그러게 네가 좀 잘했어야지. 이 병신 같은 자식아."

"내가 뭘! 씨팔 진짜. 내가 얼마나. 응? 하여튼 형은 앞으로 나한테 형 대접받을 생각 마. 알아!"

"한주혁. 명심해. 선미가 눈치채면 너 죽고 나 죽는 거야. 세주까지 다 죽는 거라고! 알았어!"

"아이 씨! 그건 아는데! 어쨌든! 내가 진짜 세주 때문에 참는 거야. 응? 무슨 말인지 알아?"

일은 그렇게 정리되었다. 선미는 갑작스럽게 집을 알아보는 선정을 의아하게 생각했지만 내심 잘됐다는 표정이었다. 이삿짐을 보내고 뒤따라가는 선정의 차에 손을 흔들어주고 나서 선미는 동민의 허리를 감싸 안으며 등에 이마를 기댔다.

"이렇게 둘이 남는 거 정말 오랜만이다. 그치?"

"그러게. 시간이 어떻게 갔나 싶네."

"오빠 정말 고생 많았어. 나 이제 앞으로 오빠만 보고 살게."

"거짓말. 넌 선정이하고 떨어질 수 없다며? 일란성이라서."

"그건 그렇지. 후후. 그래도. 오빠한테 신경 많이 쓸게. 오빠! 난 선정이한테 한눈팔아도. 오빠는 나만 봐야 돼? 알았지?"

솔직히 자신 없었다. 동민은 벌써 세주의 얼굴이 아른거렸다. 그리고 선미의 얼굴을 보며 선정을 떠올렸다.

*

그후 선정은 한 번도 동민의 집에 찾아오지 않았다. 대신 선미가 선정의 집에 드나들었다. 동민은 가끔 선미와 함께 선정의 집에 찾아갔다. 세주를 보기 위해서였다. 그때마다 불편해하는 주혁의 표정을 동민은 묵묵히 받아내야 했다. 선정은 동민과 눈도 잘 마주치지 않았다. 동민은 왠지 선정의 얼굴 한구석에 그늘이 드리워져 있는 것 같아서 마음이 흔들렸다.

나쁜 소식만 있는 건 아니었다. 선미가 드디어 아이를 가졌다. 동민과 선미의 아이. 동민의 성을 붙여줄 수 있는 아이. 동민이 뛸 듯이 기뻐한 건 물론이었다. 선미는 그보다 훨씬 더 기뻐했다. 너무 기뻐해서 동민이 다 어리둥절할 지경이었다.

"오빠 나 눈물 날 거 같아. 이 정도일 줄은 몰랐는데. 선정이 때하고는 또 다르네. 나 이제 진짜 오빠만, 아니 오빠하고 이 아이만 보고 살 거야."

"선정이는 어쩌고?"

"선정이는… 이제 오빠가 좀 챙겨줘야 할 것 같은데."

모든 게 제자리로 돌아왔다. 동민과 선미, 그리고

두 사람의 아이로 이루어진 완전한 가족. 동민이 그토록 꿈꾸던 단단한 가족이 동민의 손아귀 안에 있었다. 이제 움켜쥐기만 하면 그건 동민의 것이었다. 동민은 선미를 힘주어 안았다. 선미를 처음 만났을 때의 마음이 조금씩 되살아났다. 선정과 얽히며 묻었던 지저분한 검댕이 씻겨나가는 기분이었다. 그냥 꿈만 같았다. 제발 그냥 꿈이었으면 좋겠다고 동민은 애원했다.

하지만 당연하게도, 그건 동민이 원하는 대로 쉽게 씻겨나가지 않았다. 무엇보다, 세주가 있었다.

선미는 자신의 아이가 생기자 무서울 정도로 아이에게 집중했다. 혹시나 무슨 일이 생길까 봐 꼭 필요한 운동만 하고 멀리 나돌지 않으려 했다. 선미가 선정을 챙겨주던 일은 동민의 몫이 되었다. 종종 선정의 집에 들러 반찬도 가져다주고 청소도 해주고 세주도 돌보는 일을 동민은 기꺼이 도맡았다. 선정의 집 초인종을 누르는 동민의 가슴이 묘하게 두근댔다.

"아, 오빠. 오랜만이네."

선정의 집은 예상한 만큼 어수선했다. 보름 전에 정리해주고 간 상태에서 딱 보름치만큼 어질러져 있었다. 그래도 아기 침대가 놓여 있는 침실 주변은 그럭저럭 치워져 있었다. 동민은 선정에게 밑반찬 통을 건네주고는 얼른 세주를 들여다보았다.

"많이 컸지?"

"그러게. 얼마 안 봤다고 훅 컸네. 못 알아보겠다."

세주가 동민을 알아보는지 방긋 웃었다. 동민의 가슴이 녹아내릴 것 같았다. 세주와 선정을 집으로 들이고 싶은 마음이 다시 요동쳤다. 안 된다. 적어도 선미가 무사히 아이를 낳을 때까지는. 한참을 아이를 어르다가 몸을 일으킨 동민은 그제야 선정을 똑바로 봤다. 그러고는 화장으로 가린 눈가가 조금 어두운 걸 눈치챘다.

"선정이 너, 눈이 왜."

"아. 됐어. 오빠. 일 다 봤으면 얼른 가."

"잠깐만. 너 눈이. 다쳤어? 너 혹시…."

불안한 예감이 싸늘하게 동민을 훑고 지나갔다. 선정이 입술을 깨물며 고개를 돌렸다. 동민은 그 표정을 잘 알고 있었다. 어릴 때 지겹도록 봤던 어머니의 표정이었다. 동민의 몸이 부들부들 떨렸다.

"너 설마, 그 자식이 때렸어?"

"가라니까! 오빠가 뭐 잘한 게 있다고."

"때렸냐고!"

"소리 지르지 마. 애 놀라."

선정이 눈을 무섭게 부릅뜨며 동민을 노려봤다. 하지만 그 눈에는 예전 같은 독기 대신 체념이 들어차 있었다. 살짝 물기가 맺히는 걸 본 것 같기도 했다. 선정은 얼른 이마를 쓸어 내고는 동민을 손으로 쫓았다.

"가. 가. 짜증 나니까 가라고."

"주혁이 이 자식. 너 대체 왜…. 어떻게 된 거야?"

"뭘 어떻게 돼. 좀 싸웠어. 힘으로는 안 되더라고."

"그러니까 선정이 네가 왜 맞고 있냐고. 너 죽고 나 죽자던 애가."

"어떻게 그래. 그래도 애 아빤데."

선정은 한숨을 푹 쉬며 세주를 바라봤다. 이제 곧 저 한숨이 세주에게 쏟아지겠지. 너만 아니었으면 진작 갈라섰다고 독설을 퍼붓겠지. 동민은 진저리를 치며 선정을 닦달했다.

"그까짓 게 무슨 애 아빠야? 이 자식을 내가…."

"오빠 끼지 마! 일만 커지니까. 내가 경고했어."

동민은 도저히 가만히 있을 수가 없었다. 너 죽고 나 죽자는 선정의 말은 이제 동민의 심정이 되었다. 이 개자식. 확 죽여버려야지. 진작 그랬어야 했는데. 동민은 이를 갈았다.

선정은 자신의 집에 오기 전에 꼭 먼저 연락을 하고 오라고 당부했다. 주혁과 부딪히지 않게 하려는 속셈이었다. 그렇다고 집에 아예 못 오게 하면 선미가 눈치를 챌 테니 어쩔 수 없었다. 동민 역시 굳이 주혁과 부딪히고 싶은 마음은 없었다.

"요새는 주혁이가 속 안 썩여?"

"신경 끄라고 했잖아. 오빠 소원 아니었어? 주혁이 없는 사람 치고 사는 거."

"어떻게 그래? 너도 있고 세주도 있는데."

동민은 그렇게 말하며 세주를 들여다보았다. 아이는 하루가 다르게 크는 중이었다. 이렇게나마 볼 수 있는 게 너무 다행이었다. 선정이 함께 들여다보며 미소를 감추지 못했다.

"오빠가 세주를 이렇게 챙길 줄 몰랐네. 근데 이쁘긴 이쁘지?"

"당연히 챙겨야지. 내가."

그렇게 말하는 동민의 옆에 선정이 바짝 붙어 있었다. 선정의 살냄새가 은은하게 밀려왔다. 동민은 선정의 허리에 슬그머니 손을 감았다.

"아. 오빠. 나 싫은데."

선정이 동민의 손을 밀어내며 정색했다. 뜻밖의 반응이라 동민이 조금 당황했다.

"어. 왜? 몸이 안 좋아?"

"아니. 그게 아니라."

선정은 잠시 말을 멈추고는 뒤로 물러나 팔짱을 꼈다. 그러더니 결심한 듯 동민을 향해 또박또박 말했다.

"내가 오빠를 왜 꼬셨는지 잊었어? 선미랑 만나야 하는데 오빠가 자꾸 훼방을 놓으니까. 그거 못 하게 하려고. 협박하려고 꼬신 거잖아."

"그야. 그렇지. 하지만 지금은….."

"오빠. 나 사랑해?"

"뭐?"

동민은 당황했다. 선정을 좋아하는 건 사실이다. 아니, 좋아한다기보다는 원한다. 그럼 선정을 사랑하나? 쉽게 대답할 수 없었다. 따지고 보면 동민은 언젠가부터 사랑이라는 감정을 느끼지 못했다. 선정을 아껴주고 싶기는 하다. 행복하게도 해주고 싶다. 선정을 보고 싶다. 떨어지기 싫다. 그럼 그게 사랑인가? 머뭇거리는 동민을 보며 선정이 피식 웃었다.

"뭘 또 고민하고 그래. 오빠 그냥 나랑 하고 싶은 거잖아. 내가 그렇게 만들었으니까 나더러 책임지라고 하면 뭐… 해줄 수도 있는데. 근데 오빠. 오빠도 이제 안 그러는 게 낫지 않아? 선미도 애가 생겼고. 그냥 선미랑 잘 지내면서 행복하게 사는 게 낫지 않아?"

"날 개쓰레기로 만들어놓고 이제 와서 똑바로 살라고?"

"그럼 앞으로도 계속 쓰레기로 살겠다는 거야? 그러다 선미한테 들키면. 애는 또 어떻게 보려고?"

지금 상황이 우스웠다. 오히려 동민이 선정에게 부탁해야 하는 거 아닌가. 앞으로 선미와 그리고 아이와 행복하게 살아야 하니까 제발 방해하지 말아달라고. 우리 사이에 있었던 일은 모두 잊어달라고. 그런데 오히려 선정이 부탁하고 동민은 망설이는 상황이라니. 우습다고 생각하면서도 동민은 선정에 대한 미련을 떨치기 힘들었다.

"그럼 너는. 너는 행복해? 이렇게 사는 거?"

"행복해. 난 세주만 있으면 행복해."

"주혁이는?"

"하. 주혁이는. 잘 달래고 있어. 걔도 뭐 천성이 나쁜 애는 아니니까. 하여튼 그건 내가 알아서 할 테니까. 걱정하지 마."

"나는….."

이번에는 동민이 망설였다. 선정이 불안한 눈빛으로 동민을 바라보며 인상을 찌푸렸다. 결국 동민은 이렇게 말하고 말았다.

"나는, 세주랑 너, 포기 못 하겠는데."

"아, 오빠. 왜 그래 진짜?"

선정이 입술을 깨물었다. 그러더니 눈에 독기를 띠며 동민을 몰아붙였다.

"그럼 선택해. 선미야 아니면 나야?"

"선택을 하라고?"

"그래. 둘 중 하나를 선택해야지. 그럼 둘 다 거느리고 살려 그랬어? 선택을 하라고. 만약에 오빠가 나를 고르면, 나 진짜 미친 짓 한번 해볼 거니까. 진심으로. 둘이 같이 개쓰레기 한번 돼보자고. 그럴 용기 있어?"

동민은 대답하지 못했다. 선정이 허탈하게 웃었다. 손끝으로 눈가를 찍어내더니 고개를 돌리며 손을 휘저었다.

"뭘 뻔한 고민을 하고 있어. 이게 고민거리나 돼? 오빠… 오빠 하여튼… 궁상떨지 말고 얼른 가. 가서 선미나 한 번 더 안아줘."

선정은 내쫓듯이 동민을 문밖으로 밀어냈다. 선정

의 말에는 틀린 게 하나도 없었다. 그런데도 동민은 여전히 마음을 잡지 못했다. 머릿속에서 계속 선정이 아른거렸다. 선정이 세주와 있는 모습을 상상할 때는 그럭저럭 괜찮았다. 하지만 선정이 주혁과 있는 장면이 떠오르면 견디기 힘들었다. 문틈으로 들었던 선정의 신음이 귀에 들리는 듯했다. 어느 순간 선정의 신음은 제발 구해달라는 절규로 바뀌었다.

애초에 주혁이 문제였다. 주혁을 처음 봤을 때 느꼈던 열등감이 다시 살아나 동민의 속을 갉아먹었다. 그 자식만 없었다면. 주혁만 없어지면 모든 문제가 해결될 것 같았다. 결국 동민은 주혁을 불러냈다.

"하이고. 무슨 낯짝으로 날 보자고."

지난번에 주혁이 동민을 데려갔던 그 술집이었다. 동민을 쳐다보지도 않고 의자에 비스듬하게 걸터앉은 주혁에게 동민이 말을 꺼냈다.

"나도 길게 말하기 싫어. 헤어져라."

"뭐요? 당신이 뭔데 헤어져라 마라야? 헤어지면 또 붙어먹게? 내가 그 꼴은 못 보지."

"돈 줄게. 1억. 깔끔하게."

"돈? 진짜 이 양반이 보자 보자 하니까. 사람을 뭘로 보고."

"어차피 너 선정이하고 잘해볼 생각 없잖아? 이미 선 넘은 거 아냐. 돈이나 받고 떨어져."

"난 돈 같은 거 필요 없다니까?"

"그럼 대체 왜? 왜 선정이한테 붙어 있는 건데?"

"선정이 고거 갖고 노는 맛이 아주 쏠쏠하거든."

주혁이 그렇게 말하며 기분 나쁜 웃음을 흘렸다. 동민은 속이 끓어오르는 걸 표정에 드러내지 않으려 애쓰며 주혁을 비웃었다.

"웃기고 있네. 주혁이 네가 선정이를 가지고 놀아? 네까짓 게?"

동민과 엉켜 있는 모습을 들키고서도 선정은 눈 하나 깜짝 안 하고 주혁을 몰아붙였다. 아무리 세주가 있다고 해도 주혁이 선정을 가지고 놀 수 있을 리 없다. 주혁이 어깨를 쫙 펴며 뽐내듯 말했다.

"다 형 덕분이지. 약점을 아주 제대로 잡았으니까."

동민이 이를 악물었다. 선정이 잡힐 약점이라면 동민과의 관계밖에 없다. 하지만 그때 차에서의 반응을 보면 단지 그것만으로 주혁이 저렇게 으스댈 리는 없을 것 같았다. 무슨 약점을 더 잡힌 걸까. 순간 동민의 등골이 서늘해졌다. 세주. 만일 세주가 자신의 아들이 아니란 걸 알았다면. 세주가 동민의 아들인 걸 알았다면. 동민은 주혁을 똑바로 바라보려고 애쓰며 허세를 떨었다.

"약점? 뭐 그때 차에서 본 거? 그까짓 게 약점이야? 선미에게 찌르려고? 할 테면 해봐. 솔직하게 말하고 용서를 빌면 되니까. 그걸 지금 협박이라고 하는 거야?"

"그까짓 게 아니던데. 둘이 아주 제대로 붙어 먹었더만. 어쩌다 실수? 웃기고 있네."

주혁이 그르렁거리며 동민을 노려봤다. 끝났다. 동민의 눈앞이 캄캄해졌다. 이제는 정말 방법이 없다. 그 생각밖에 나지 않았다. 다른 방법이 없다. 죽이는 수밖에.

*

동민은 매일 주혁을 죽이는 상상을 했다. 하지만 상상은 상상일 뿐 동민에게 사람을 죽일 용기 같은 게 있을 리 없었다. 배 속의 아이는 무럭무럭 자라고 있었다. 임신 8개월 차에 접어든 선미의 배는 이제 제법 볼록했다. 배를 쓰다듬다가 동민은 자신의 속에서 꿈틀대는 추악한 상상들이 아이에게 스며들지 모른다는 생각에 손을 움츠렸다.

"왜? 꿈틀댔지. 그치?"

"어? 어. 어. 살짝?"

"진짜 너무 신기해. 어떻게 이럴 수가 있지? 나 요즘 매일 좋은 거만 생각하고 예쁜 거만 보려고 노력하잖아. 오빠도 그래야 돼. 배 속의 애가 다 안대. 엄마 아빠가 무슨 생각하는지."

"에이. 엄마면 몰라도. 아빠를 어떻게…."

"기운 같은 게 전해지겠지. 오빠. 그러니까…."

선미는 그렇게 말하고는 소파에 기대고 있던 몸을 곧게 일으켰다. 동민도 덩달아 바르게 자세를 잡았다.

"오빠한테 자세히 말한 적은 없지만, 우리 부모님은 그렇게 좋은 사람이 아니었어."

"그래. 뭐 나도 비슷해."

"그래서 그런지 솔직히 나… 애를 꼭 가질 생각은 없었어. 선정이랑 오빠랑 그리고 주혁이랑. 이렇게만 함께 살아도 충분할 것 같았어. 오빠가 너무 원하니까, 애가 있는 것도 나쁘지는 않겠다 싶은 정도였지. 그런데 정작 내 배 속에 아이를 품고 나니까, 나는 내가 이렇게 바뀔 줄 몰랐어. 아마 오빠는 상상도 못 할 거야."

동민은 아무 말 없이 선미의 배를 쓸었다. 차마 직

접 손을 대지는 못하고 옷 위를 쓸었다. 선미가 말했다.

"오빠. 우리 세동이. 정말 잘 키우자. 이런 말 하면 안 되지만. 세주보다 훨씬 귀엽겠지? 절반은 오빠를 닮았을 테니까."

세동이. 선미가 지은 이름이었다. 동민의 이름에서 한 자를 땄다고 한다. 차마 눈을 마주치지도 못한 채 억지로 미소를 지으며 동민은 딱 하나만 생각했다. 절대 들켜서는 안 된다. 나 때문이 아니다. 나는 평생 쓰레기여도 좋다. 선미를 위해서. 아이를 위해서. 이 비밀은 끝까지 지켜져야 한다. 동민은 다짐하고 또 다짐했다. 그럴수록 마음속에서는 불안이 커져갔다. 이 비밀은 동민 혼자 입을 다문다고 지켜지는 게 아니었다.

*

어느 날 거실에 나가 전화를 받은 선미가 수심이 가득한 얼굴로 방에 들어왔다. 동민과 눈이 마주친 선미는 얼른 아무렇지 않다는 듯 미소를 지어 보였다. 불길한 예감이 동민의 머릿속을 스치고 지나갔다.

"왜 그래? 무슨 일이야?"

"아니? 아무 일 없는데."

"누구랑 전화한 건데?"

"그냥. 아는 사람."

"아는 사람 누구? 선정이 아냐?"

"어떻게 알았어?"

동민이 추궁하자 선미는 순순히 털어놓았다. 주혁이 벌써 며칠째 집에 들어오지 않고 있었다. 선정이 예전처럼 주혁을 잘 다루고 있지 못한 건 확실했다. 이유는 뻔했다. 약점. 동민과의 관계. 선미는 한숨을 쉬며 푸념을 늘어놓았다.

"선정이도 예전 같지 않아. 기가 팍 죽어서는. 상상이 가? 선정이가 기가 죽는다는 게? 아이 키우는 게 힘들긴 힘든가 봐. 주혁 걔는 진짜…. 철이 없는 줄은 알았지만. 언제 만날 기회 있으면 따끔하게 한마디 해야겠어. 대체 왜 그러는지. 이유가 뭔지."

"안 돼!"

동민은 저도 모르게 낮게 소리 질렀다. 목소리는 크지 않았지만 의외의 반응이었는지 선미가 눈을 동그랗게 떴다.

"깜짝이야. 오빠 왜 소리를 질러. 놀랐잖아."

"미안. 아니. 넌 좋은 것만 봐야 하니까. 괜히 주혁이 만나서 스트레스 받을까 봐 그랬지. 내가 할게. 내가."

"그래. 오빠가 한마디 해. 남자끼리 또 통하는 게 있을 거 아냐."

잠이 오지 않았다. 눈을 감으면 울먹이는 선정이 떠올랐다. 동민은 선정이 우는 걸 단 한 번도 본 적이 없었다. 그런 선정이 울먹이며 동민에게 도와달라고 외쳤다. 그 뒤에서 주혁이 선정의 치마를 들치고 속옷을 끌어 내렸다.

동민은 눈을 번쩍 떴다. 잠자리가 불편한지 선미는 자꾸 몸을 뒤척였다. 동민은 조용히 몸을 일으켜 화장실로 갔다. 거울에 비친 건 동민이 알던 자신의 모습이 아니었다.

정신을 차렸을 때 동민은 선정의 집을 향해 차를 몰고 있었다. 주혁을 만나 뭐라고 말을 할지 계획 같은 건 없었다. 그냥 이 상태를 버틸 수 없었다. 내가 죽든 그 자식이 죽든. 어느 쪽이든 지금보다는 나을 것 같았다.

선정이네 집 문 앞에 서서 벨을 눌렀다. 시간은 새벽 1시였다. 몇 번 벨을 울리자 인터폰이 켜지며 주혁의 얼굴이 나타났다. 동민의 모습이 잘 안 보이는지 게슴츠레 눈을 뜨며 여기저기를 살폈다.

"누구세요? 이 시간에?"

누군가가 달려오는 소리가 났다. 문이 빼꼼 열리며 얼굴을 드러낸 건 선정이었다.

"오빠 지금 여기서 뭐 하는 거야? 술 마셨어?"

"문 좀 열어봐. 할 말이 있어서 그래."

"미쳤나 봐. 빨리 집에 가!"

동민이 대답하기도 전에 문이 쾅 닫혔다. 안에서 선정과 주혁이 실랑이하는 소리가 들렸다. 잠시 후 문이 벌컥 열리더니 주혁이 나타났다.

"어. 형. 들어와요. 그러잖아도 한잔하던 참인데."

한 잔이 아니었다. 주혁은 벌써 눈이 풀려 있었다. 외출복을 갈아입지도 않은 걸 보면 방금 들어온 모양이었다. 며칠이나 집에 들어오지 않았다더니 하필이면. 아니다. 차라리 잘 됐다. 오늘 여기서 담판을 짓자. 그렇게 생각하며 동민은 안으로 들어갔다. 선정이 걱정 가득한 얼굴로 동민을 바라봤다.

"이야. 이게 얼마 만이야. 선정아. 뭐 하는 거야. 동민이 형 왔는데. 가서 술 좀 가져와."

"목소리 좀 낮춰. 애 깨겠어."

"가져오라면 가져올 것이지! 말이 뭐 그렇게 많아!"

주혁과 선정의 관계는 확실히 변했다. 아무리 술에 취했다고 해도 예전의 주혁이라면 절대 선정에게 이렇게 대하지 못했다. 동민은 이를 악물었다. 주혁이 네가 감히. 감히 네까짓 게.

"술은 됐고. 주혁이 너 나랑 잠깐 얘기 좀 하자."

"아 얘기를 하려면 술이 있어야지. 선정아!"

"나가. 나가서 얘기해. 세주 깨잖아."

동민이 주혁의 팔을 잡아끌었다. 주혁은 거칠게 뿌리치며 욕을 퍼부었다.

"씨팔 진짜. 세주 걱정 존나게 하네. 누가 보면 형이 아빠 줄 알겠어. 응? 강하게 키워야지! 선정아! 뭐 하냐. 네가 사랑하는 동민이 형이 왔는데! 아주 그냥 질질 싸면서 맞아줘야 할 거 아냐! 응?"

"한주혁! 너 진짜 보자 보자 하니까!"

방에서 아이 우는 소리가 들렸다. 얼굴이 시뻘게진 선정이 발을 동동 구르더니 안방으로 들어갔다. 들어가면서 동민을 향해 외쳤다.

"오빠 빨리 가! 오빠가 가! 빨리!"

"오빠는 씨팔. 말끝마다 오빠 오빠."

주혁이 침을 탁 뱉었다. 그러고는 방으로 들어가는 선정의 뒷모습을 보며 입술을 핥았다.

"존나 맛있게 생겼어. 그치 형? 형도 선정이 맛있어서 좋아하는 거지? 우리 같이 나눠 먹을까?"

"너 그 입 안 닥쳐? 진짜 죽고 싶어?"

"죽여? 형이? 나를? 아 진짜. 말 한번 살벌하게 하네. 내가 형한테. 해결책을 제시하는 거잖아 지금! 나도 선정이 좋아하고. 형도 선정이 좋아하니까. 사이좋게 나눠 먹자는 거 아냐! 응? 나중에 선미 누나도 나눠 먹고. 다 같이 나눠 먹으면!"

퍽!

동민이 주혁의 얼굴에 주먹을 휘둘렀다. 주혁의 입가에서 피가 흘렀다. 주혁은 아프지도 않은 듯했다. 오히려 술이 좀 깬 모양이었다. 손가락으로 피를 찍어 보더니 동민을 똑바로 노려보며 말했다.

"이런 씨팔, 남의 여자 건드린 게 누군데. 화를 내도 내가 내야지. 형이 나를 쳐? 형은 씨팔 무슨. 형이 사람이야? 언니 동생 같이 따먹는 게 사람이 할 짓이야?"

"그래 미안해. 그러니까 나를 죽여. 나를 죽이면 될 거 아냐. 내가 개새끼니까! 날 죽이고. 선정이는 그냥 놔주라고. 응? 주혁아. 제발 부탁이다."

"나도 씨팔 그냥! 잘 해볼라 그랬지. 형 하나 안 보는 걸로. 인연 끊는 걸로. 다시 잘 해볼라 그랬다고! 근데 선정이 저게 뭐라고 하는 줄 알아? 선정이 저게! 형을! 조동민을! 사랑한다잖아!"

"뭐?"

"한주혁!"

퍽!

주혁이 눈을 부릅떴다. 흰자위가 허옇게 드러났다. 주혁의 몸이 서서히 아래로 무너졌다. 주혁의 뒤에는 선정이 서 있었다. 고개를 숙인 채 부들부들 떨고 있었다. 주혁의 등에는 시퍼런 식칼이 꽂혀 있었다.

"내가… 가라 그랬잖아. 오빠."

선정이 그 자리에 주저앉았다. 그러고는 자기 오른팔을 물고 소리 나지 않게 소리 질렀다.

*

선정이 소리 없이 오열한 시간은 길지 않았다. 다시 일어난 선정의 얼굴에는 표정이 사라져 있었다. 영혼이 빠져나간 눈으로 동민을 바라보며 선정이 말했다.

"오빠. 옷부터 벗어. 피 묻으면 안 되니까."

"뭘… 하라고?"

"옷 벗으라고. 속옷까지 전부. 그리고 이거 욕실로 날라야 해."

선정이 먼저 옷을 벗기 시작했다. 주혁이 그토록 칭찬하던 몸이 드러났다. 알몸이 된 선정을 동민은 멍하니 바라보기만 했다. 아무 생각도 나지 않았다.

짝!

선정이 동민의 뺨을 때렸다. 그러고는 다시 한번 힘 주어 말했다.

"옷 다 벗고. 이거 욕실로 들어 날라서. 거기서 처리 할 거야. 다 끝나면 깨끗이 씻고. 옷 다시 입고. 집으 로 가는 거야. 그리고 선미 옆에 누워서. 자는 거야. 알 아들어? 동민 오빠?"

주혁의 몸은 무거웠다. 둘은 안간힘을 다해 주혁을 끌고 가 욕조에 던져 넣었다. 무릎이 후들거려서 동민 은 서 있기조차 힘들었다. 밖으로 나간 선정이 커다란 여행용 트렁크 두 개를 들고 왔다. 그 안에는 김장용 비닐과 칼, 가위 그리고 쇠톱이 들어 있었다.

"이게 다 뭐야? 선정아. 너 어떻게 이런 걸."

"내가 이걸 죽이는 상상을 얼마나 많이 했는지 알 아? 어차피 죽이려고 했어. 오빠가 아니어도. 그러니까 오빠는, 아니 그 얘기는 나중에 하고. 일단 좀 도와줘."

선정이 주혁의 옷을 벗겨내기 시작했다. 가위를 든 선정이 주혁의 옷을 조각내면 동민이 뽑아냈다. 피 묻 은 옷은 준비한 비닐에 담았다. 욕실 바닥에 점점이 붉은 피가 떨어졌다. 선정과 동민의 손은 피로 범벅이 되었다. 비 오듯 흐르는 땀을 닦아내다 보니 얼굴도 붉게 물들었다.

구겨진 채로 벌거숭이가 된 주혁의 알몸이 드러났다. 등에 깊숙이 박힌 칼을 뽑아내자 피가 콸콸 쏟아져 나왔다. 혹시나 하고 짚어 보았지만 주혁의 심장은 완전히 멎어 있었다. 주혁은 눈을 뜬 채로 죽었다. 흰자위가 허옇게 드러난 눈이 금방이라도 검은자위로 돌아오며 동민을 노려볼 것 같았다. 선정이 쇠톱을 들고 오더니 주혁의 목에 가져다 댔다.

"뭐 하는 거야? 선정이 너 설마."

"이대로는 가방에 안 들어가잖아."

선정이 수건을 입에 물었다. 그러고는 목에 가져다 댄 쇠톱을 당겼다. 주혁의 목이 보기 흉하게 뜯어지며 피가 쏟아져 나왔다. 텅 빈 주혁의 눈이 선정과 마주쳤다. 주혁의 뺨에는 보조개가 깊이 파여 있었다. 선정이 어깨를 덜덜 떨더니 욕실 바닥에 철퍼덕 주저앉았다. 그러고는 수건을 문 채 엉엉 울기 시작했다. 표정이 완전히 무너진 아이 같은 울음이었다.

동민이 그 옆에 앉아 선정을 안았다. 따뜻한 살이 닿자 덜덜 떨리던 몸이 조금 풀어지는 기분이 들었다. 선정도 동민을 안았다. 있는 힘을 다해 꼭 껴안았다.

그러고는 꺽꺽거리며 동민의 귀에 말도 아니고 울음도 아닌 절규를 쏟아냈다.

"오빠 나. 할 수 있을 줄. 알았는데. 흐흑. 못 하겠어. 오빠가. 머리만 잘라줘. 그럼 나머지는. 내가. 어떻게 해서든지."

"알았어. 선정아, 알았어. 내가 할게. 내가 다 할게. 진정하고. 여기 잠깐 있어."

동민이 이를 악물었다. 쓰레기. 동민의 머릿속에서는 그 생각만 났다. 사람까지 죽였다. 이제 더 내려갈 바닥도 없다. 이제 동민이 할 수 있는 건 하나밖에 없었다. 선정보다 더한 쓰레기가 되는 것. 적어도 선정이 동민보다는 나은 사람이 될 수 있도록.

동민은 선정이 물고 있던 수건을 빼서 선정의 어깨에 둘러주었다. 그러고는 쇠톱을 들고 이를 악문 채 죽은 주혁의 눈을 노려보았다. 뭐. 어쩔 건데. 이미 난 지옥에 있는데. 여기가 지옥인데.

쇠톱을 주혁의 목에 가져다 대고 힘껏 당겼다. 서걱거리며 동민의 목이 잘려 나가기 시작했다. 하나둘. 하나둘. 동민의 머릿속에서 수많은 외침이 뒤섞였다. 그 중 몇 마디가 동민의 귀에 또렷하게 들렸다. 선정이 저게. 형을. 조동민을. 사랑한다잖아. 선정이 저게. 형을.

조동민을. 사랑한다잖아. 오빠. 나 사랑해? 선미야. 아
니면 나야? 진심으로. 둘이 같이. 개쓰레기 한번. 돼
보자고. 그럴 용기 있어? 오빠. 나 사랑해?

털썩. 주혁의 목이 잘려 나갔다. 어느새 옆에 다가
온 선정이 동민에게 말했다. 여전히 울먹거리는 목소
리였다.

"거기 그냥. 넣어둬. 핏물 빠져야 하니까."

동민은 이를 악물고 톱질을 해댔다. 다리가 떨어져
나가고 팔이 떨어져 나갔다. 찢겨 나간 살 조각과 섞인
시뻘건 핏물이 꿀렁대며 배수구로 흘러나갔다. 뭐라
형용하기 힘든 냄새가 뭉글거리며 올라왔다. 동민은
더 참지 못하고 욕조에 토사물을 쏟아냈다.

조금 전까지만 해도 주혁의 몸이었던 살덩이는 이
제 생명이 빠져나간 고깃덩이가 되어 욕조에 널브러져
있었다. 동민이 긴 숨을 내쉬며 욕조에 톱을 집어 던졌
다. 한 발 뒤로 물러나던 동민의 다리가 풀리며 그 자
리에 철퍼 주저앉았다.

선정이 샤워기를 틀어 사방에 튄 피를 닦아냈다.
자신의 몸에 묻은 피도 대충 닦아내고 동민을 닦아주
기 시작했다. 따뜻한 증기가 욕실에 가득 찼다. 훈훈한
기운이 올라오자 동민의 긴장이 조금 풀렸다. 샤워기

를 받아 들고 선정의 몸에도 뿌려주었다. 떨리던 선정의 어깨가 조금씩 잦아들었다. 선정이 고개를 들자 분홍색 입술이 보였다.

아직 피투성이인 채로, 누가 먼저랄 것도 없이 둘은 입술을 겹쳤다. 그래야만 할 것 같았다. 그렇게 하지 않으면 지옥으로 끌려 내려가는 이 기분을 떨쳐낼 수 없을 것 같았다. 아니 이미 지옥에 빠져 있는 두 사람이기에 그래야만 할 것 같았다. 어쩌면 그 모든 건 핑계였다. 둘은 지쳤고 서로의 알몸이 눈앞에 있었다. 그냥 그것뿐인지도 몰랐다. 울음인지 신음인지 모를 소리가 욕실에서 울려 퍼졌다. 선정이 울부짖었다.

"오빠! 오빠! 나 오빠 사랑해! 오빠!"

"나도. 나도 사랑해! 선정아!"

"우리 죽자. 우리 그냥! 같이 죽자!"

"아! 선정아! 선정아!"

짐승처럼 울부짖으며 몸부림치던 두 사람은 번호키가 눌리는 소리도, 조용히 다가오는 발걸음 소리도, 끼이익 하고 욕실 문이 열리는 소리도 듣지 못했다.

쿵.

동민의 정신이 번쩍 들었다. 욕실 문은 활짝 열려 있었다. 문 앞에서 거실 쪽으로 누군가가 넘어져 있었다. 안방에서는 아이의 울음이 들렸다. 보조개가 파인 주혁의 잘린 머리가 욕조에서 떨어져 데구르르 굴러 나왔다. 그리고 넘어진 사람의 다리 사이에서 선홍색의 피가 줄줄 흘러나와 욕실을 다시 물들이고 있었다.

*

곧바로 구급차를 불렀으면 아이를 살릴 수 있지 않았을까. 그 생각이 동민의 머리에서 떠나지 않았다. 동민과 선정은 그러지 못했다. 피를 흘리며 쓰러진 선미와 잠에서 깨 울부짖는 세주와 욕조에 담겨 있는 시체 사이에서 두 사람은 어쩔 줄을 몰랐다. 헛되이 시간을 낭비하다 겨우 정신을 차린 동민이 선미를 끌어다 자신의 차에 싣고 병원으로 달렸지만 너무 늦었다. 배 속의 아이는 살릴 수 없었다.

세주를 감싸서 병원에 있는 동민에게 안기고 다시 집으로 돌아가 트렁크에 시체 조각을 쓸어 담아 어딘가에 버리고 온 건 모두 선정의 몫이었다. 병원에서 세주를 건네주는 선정의 표정은 사람의 표정이 아니었다. 주혁의 죽음보다도. 배 속에서 잃은 선미의 아이보다도. 더 큰 두려움이 선정을 휘감고 있었다. 선미가 깨어나기를 기다리던 선정이 넋이 나간 목소리로 동민에게 말했다.

"오빠. 내가 왜 주혁이랑 같이 살았는지 알아? 아니. 선미가 왜 나랑 주혁이가 같이 사는 걸 내버려뒀는지 알아?"

동민이 고개를 저었다. 사실 동민은 선정이 혼잣말처럼 중얼거리는 말을 거의 이해하지 못했다. 그러거나 말거나 선정은 말을 뱉었다.

"내가 주혁이를 사랑할 리는. 절대. 없으니까."

선정은 주혁을 사랑한 적이 없다. 그렇겠지. 물론 그렇겠지. 동민은 멍하니 선정의 다음 말을 기다렸다.

"선미 걔. 알고 보면 되게 이기적이다. 그러면서 자기는. 오빠를 만난 거잖아. 하기야. 원래 어렸을 때부터. 난 천방지축이고. 선미는 자기 거 칼같이 챙기는 애였으니까. 희한해. 일란성인데. 왜 그렇게 달랐을까. 꼭 자석의 다른 극처럼."

자석의 다른 극처럼. 선미도 그런 말을 한 적이 있었다. 하지만 그때는 자석의 다른 극은 서로 당긴다는 사실을 떠올리지 못했다.

"난 선미 없이는 못 살아. 오빠는 좀 달랐어. 지금 생각해도 내가 오빠 사랑한 거 맞는 거 같은데. 그래도 난 역시 선미 없이는 못 살겠어."

그 말의 의미를 깨달았어야 했다. 그때가 아니라도. 너무 늦지 않게 깨달았어야 했다.

며칠 만에 깨어난 선미는 전혀 다른 사람이 되었다. 선미는 말이 없었다. 선정과도 동민과도 눈을 마주치지 않았다. 선미는 그저 세주만을 끌어안고 있었다. 세주는 선미와 선정을 구분하지 못했다. 선정은 선미에게 세주를 달라고 하지 못했다. 안 한 건지도 모른다.

퇴원하고서도 선미는 말을 하지 않았다. 무슨 짓을 할지 몰라 전전긍긍하며 선정과 동민은 선미 주변을 맴돌았다. 눈도 떼지 못했다. 선미는 같이 밥을 먹고 텔레비전을 보고 잠을 자면서도 두 사람이 유령이라도 되는 양 말을 걸지 않았다. 어쩌면 선미가 유령인지도 모른다는 생각이 들 정도였다.

선미는 세주를 세동이라고 불렀다. 배 속에서 사라진 아이의 이름이었다. 선미는 정상이 아니었다. 선정과 동민은 차마 선미를 병원으로 데려가지 못했다. 정상이 아니라고 말하는 순간 선미는 영영 정상으로 돌아오지 않을 것 같았다. 그저 조바심을 내며 선미와 아이를 지켜봤다. 다행히 위험한 행동은 하지 않았다. 그래도 지켜보는 두 사람은 피가 말랐다.

그때까지만 해도 동민은 선정이 자신과 같은 마음

으로 선미를 걱정한다고 생각했다.

선미가 세주를 떼어놓기 시작하자 두 사람은 한시름 놓았다. 그래도 선미는 말을 하지 않았다. 선정은 잠시도 떨어지지 않고 선미 옆을 지켰다. 잠도 안방에서 선미와 함께 잤다. 동민은 세주와 함께 작은 방에서 잤다. 어느 날 세주가 잠든 걸 확인하고 거실에 나온 동민의 귀에 안방으로부터 작은 목소리가 들려왔다. 선미와 선정이었다.

"선미야 제발. 부탁이야. 한 번만. 한 번만 용서해줘."

선정의 목소리였다. 선미와 선정은 목소리도 같았지만 말하는 건 분명 선정이었다.

"내가. 내가 미쳤었나 봐. 다시는 안 그럴게."

"난 너 없이는 못 살아. 선미야. 너도 알잖아."

"너도 나 없이는 못 살잖아. 그렇지? 그렇다고 해줘. 제발."

"선미야. 응?"

울먹이며 속삭이는 선정의 목소리만 방 안에 낮게 깔렸다. 선미는 대답하지 않았다. 그러다 짝! 뺨을 때리는 소리가 들렸다. 그러고는 목소리가 들렸다.

"더러운 입을 어디다 대!"

선미였다. 선미가 분명했다. 동민은 살짝 방문을 열

었다. 좁은 틈으로 침대가 보였다. 침대 위에는 선미와 선정이 있었다. 잠옷을 입고 있는 선미와는 달리 선정은 알몸이었다. 선정이 애원했다.

"제발. 나 좀 안아줘. 선미야. 나 너무 힘들어. 나 진짜 너 없이는 못 산단 말이야."

그러면서 선정은 선미의 품에 안기려 했다. 하지만 선미는 선정을 매몰차게 밀어냈다.

"선미야, 제발."

"들어와."

선미의 목소리였다. 그건 분명 동민을 향한 말이었다. 선정이 깜짝 놀라 문 쪽으로 고개를 돌렸다. 동민을 발견한 선정은 얼른 이불을 끌어다가 몸을 덮었다. 동민은 문을 마저 열고 방 안으로 들어갔다.

"옷 벗고. 선정이 옆에 앉아."

"선미야 그게 무슨 소리야. 옷을…."

"당장!"

선미가 빽 소리를 질렀다. 목이 터져서 피가 나올 것 같았다. 눈에는 새빨갛게 핏줄이 섰다. 동민은 감히 대꾸하지도 못하고 어쩔 수 없이 옷을 벗었다. 속옷까지 전부 벗고 난 후에야 선미가 고개를 끄덕였다.

"선정이 옆에 앉아서. 해봐."

232

"뭐?"

"해보라고. 그날처럼."

"선미야. 제발."

선정이 결국 울음을 터뜨렸다. 하지만 선미는 표정 하나 바꾸지 않고 차갑게 말했다.

"해보라고. 그럼 용서해줄게."

죽고 싶은 심정이었다. 선미는 요지부동이었다. 자기 말대로 하기 전에는 그 어떤 말도 듣지 않을 기세였다. 동민은 어쩔 수 없이 선정을 붙잡았다. 붙잡고는 하는 시늉을 했다. 허리를 움직이고 허벅지를 부딪쳤다. 탁탁탁 하고 울리는 소리가 그 어떤 비명보다도 스산했다. 동민은 그때 본 선정의 표정을 잊을 수 없었다. 이목구비가 제각기 일그러진 채로 선정은 기괴한 웃음을 흘렸다.

선미는 돌처럼 굳은 채 두 사람을 지켜봤다. 다른 건 몰라도 동민은 이것 하나 만큼은 확실히 알 수 있었다. 선미의 눈에는 그 어떤 사랑도 남아 있지 않았다.

선정이 벌떡 일어났다. 주섬주섬 옷을 챙겨 입은 선정은 아무 말도 없이 밖으로 나갔다.

*

그날 선정을 쫓아 나갔어야 했다. 쫓아 나가서 아무
것도 하지 못하게 붙잡고 있어야 했다. 하지만 그럴 수
없었다. 그랬다면 다른 일이 벌어졌을지도 모른다.
동민은 선미 옆에 남았다. 선정은 혼자 집을 뛰쳐나가
다음 날 자신의 집 욕조에서 팔목을 그은 채 차가운
시체로 발견되었다.

선정이 죽은 뒤 선미는 치료를 받았다. 선미는 조금
씩 정상으로 돌아왔다. 세주는 아무것도 모른 채 밝게
자랐다. 선미는 더는 세주를 세동이라고 부르지 않았
다. 동민은 세주를 정식으로 입양하고 성도 동민의 성
으로 바꾸었다. 조세주. 세주는 금방 어렸을 때의 기억
을 잊고 동민의 아들로 컸다.

선정의 빈자리는 지울 수 없는 상처로 남았다. 동민
은 그걸 가슴 깊숙이 묻고 내비치지 않았다. 내비칠 자
격도 없었다. 선미는 다시는 동민을 사랑하지 않았다.
애초에 사랑하기는 했었나 의심스러웠다. 적어도 과거
의 선미는 동민을 아끼고 배려했다. 동민을 행복하게
해주려 하고 동민이 행복해하면 기뻐했다. 선미의 사
랑까지는 바라지도 않았다. 과거의 모습을 조금이라도

보여준다면 더 바랄 게 없었다. 남들이 보기에 선미의 행동에는 아무런 이상이 없었다. 하지만 동민은 선미의 그런 행동에는 껍데기밖에 남지 않았다는 걸 너무나도 잘 알았다.

세주. 동민에게 남은 건 세주뿐이었다. 선정과 동민의 아이이긴 했지만 선미의 아이라고 해도 상관없을 것 같았다. 유전자는 같으니까. 일란성. 세주는 선미와 동민의 유전자를 반씩 물려받은 아이였다. 동민은 그렇게 믿었다. 믿어야만 했다. 그게 동민의 삶을 지탱해주는 유일한 힘이었다. 천만다행으로 세주는 밝았다. 사람을 좋아하고 사람들도 세주를 좋아했다. 세주는 껍데기뿐인 가족의 실체를 눈치채지 못했다. 세주가 영원히 모르길. 최소한 세주가 다 클 때까지만이라도 이런 상태가 유지되길. 동민은 빌고 또 빌었다.

"학교 다녀오겠습니다!"

세주는 선미를 꼭 닮은 아이로 자랐다. 다른 점이 있다면 뺨에 깊게 팬 보조개였다. 동민은 그 보조개를 어디서 봤었는지 기억하지 못했다. 세주가 멀어진 걸 확인하고는 동민이 혼잣말처럼 중얼거렸다.

"저 보조개는 누굴 닮은 걸까. 선미 너는 보조개가 없잖아."

"아빠를 닮았겠지."

"아빠? 나도 보조개는 없는데."

"하. 아빠 역할 잘 해주는 거 고맙기는 한데. 오빠가 진짜 아빠는 아니잖아?"

선미가 비웃으며 그렇게 말했다. 선미는 아직 모른다. 다행일까. 다행일지도 모른다. 하지만 그 말을 들은 동민은 무심코 이렇게 말하고야 말았다.

"그렇게 따지면 선미 너도 진짜 엄마는 아니지."

"나? 난 진짜 엄마지. 세주. 내 아들이야."

"그래 뭐. 유전자는 같으니까. 일란성. 네 아들이라고 할 수도 있겠지."

"아니. 그게 아니라. 세주 정말 내 아들이라고. 선정이가 낳기는 했어도. 내 아들이야. 내 난자로 태어났으니까."

"뭐? 그게 무슨 소리야?"

선미가 무슨 말을 하는지 이해가 가지 않았다. 어리둥절해하는 동민을 보며 선미가 기분 나쁜 웃음을 터뜨렸다.

"어머. 오빠 몰랐구나. 세주 시험관 아기야. 선정이 걔 불임이었거든. 난소에 문제가 있어서. 그래서 내 난자를 썼지. 유전자는 같으니까. 병원에서도 눈 감아

졌어."

"뭐? 불임? 선정이가? 말도 안 돼. 세주는 분명…."

불임. 동민은 방금 들은 그 단어를 기억에서 지워버리고 싶었다. 어차피 처음부터 세주가 동민의 아들이라는 확실한 증거는 없었다. 그냥 동민이 그렇게 믿었을 뿐이었다. 선정과 주혁 사이에 오랫동안 아이가 생기지 않았고. 아마도 주혁에게 문제가 있었으며. 그래서 동민에 의해 선정이 아이를 가진 거라고. 하지만 불임은 주혁이 아니라 선정이었다. 그게 의미하는 바는 명확했다. 동민은 믿고 싶지 않았다. 선미는 당황한 동민의 표정이 재미있다는 듯 쐐기를 박았다.

"이거 뭐야. 설마. 설마 오빠. 세주가 오빠 아들인 줄 알았던 거야? 웃긴다 진짜. 어쩐지. 좀 이상하기는 했어. 근데 어쩌나. 세주는 오빠 아들이 아닌데. 세주는 내 난자와 주혁이 정자로 만든 아이야. 오빠가 죽인 그 주혁이 말이야."

끝이다. 모든 게 끝이다. 한주혁. 동민이 그렇게 지워버리려고 했던 주혁의 흔적은 끝내 지워지지 않았다. 동민이 가장 사랑하는 세주. 동민의 유일한 희망인 세주 안에 절대 지워질 수 없는 모습으로 새겨져 있었다. 선미의 웃음이 동민의 심장을 날카롭게 후벼팠다.

선미는 동민을 용서하지 않았다. 영원히 용서하지 않을 것이다. 동생이자 사랑이었던 선정 그리고 선미의 모든 것이었던 배 속의 아이를 빼앗아 간 동민을 절대 용서할 리 없다. 그러나 선미의 웃음도 오래가지 못했다.

"그게. 무슨 소리예요? 제가 아빠 아들이 아니라고요? 아빠가 누굴 죽였다고요?"

무언가를 놓고 갔었는지, 어느 틈에 세주가 다시 돌아와 두 사람 앞에 서 있었다. 놀란 세주의 두 뺨에는 보조개가 깊게 파여 있었다. 주혁을 꼭 닮은 보조개였다.

네 이름을 말하라

마을 한가운데에 서 있는 시커먼 기둥 주변에 마른 나무가 쌓였다. 벌거벗겨진 채 뒤로 손이 묶여 끌려 나오는 마녀의 알몸을 보기 위해 사람들이 몰려들었다. 끔찍한 흉터와 벌어진 상처가 가득한 살에 침을 뱉으려 서로를 밀쳐댔다. 사방으로 휘저어지는 마녀의 초점 없는 시선이 자신에게 닿을 때마다 신의 이름을 부르며 성호를 그었다. 세상에 존재하는 모든 사악함과 저주와 불길함을 마녀에게 몰아넣고 봉인하기 위해 사람들은 안간힘을 썼다.

아무 소용이 없다는 걸 어쩌면 사람들은 알고 있었다. 그래서 더 필사적으로 시커먼 믿음을 붙잡으려 애

썼다. 움켜쥔 손가락 사이로 희망은 연기처럼 빠져나
갔다.

사람들의 외침 소리가 허술한 창틀 사이로 밀려 들
어올 때마다 다니엘은 숨이 턱 막혔다. 어서 화형대로
가야 했다. 사람들이 기다리고 있다. 이 지긋지긋한 공
포에 종지부를 찍어야 한다. 몇 번이나 자리에서 일어
나려 했지만, 엠마는 다니엘의 손을 놓아주지 않았다.
땀에 전 얼굴로 부풀어 오른 배를 붙잡은 채 엠마는
애절하게 다니엘을 바라보았다.

"제발, 가지 말아요. 무서워요. 너무 무서워요. 여기
서 나와 우리 아기를 지켜줘요. 아! 제발!"

엠마의 애원이 비명으로 바뀌며 진통이 시작되었
다. 쾅쾅쾅. 문을 두드리는 소리가 났다.

"다니엘! 어서 나와요! 준비가 끝났소. 어서, 어서
저 마녀를 불태워버려야 해! 먹구름이 몰려오고 있소.
달빛이 사라지면 끝이야!"

미끄러운 엠마의 손이 더 강하게 다니엘을 움켜쥐
었다. 다니엘은 눈을 감고 이를 악물었다. 그러고는 엠
마의 손목을 붙들고 잡혀 있는 손을 빼냈다.

"안 돼요! 당신이 가버리면 난…. 아아! 무언가가
다가와요! 시커먼 어둠이 날 덮치려 해요! 아악!"

"마녀의 저주요! 지금 당장 그 마녀를 끝장내야 해! 사악한 악마의 혓바닥이 우리 아이에게 어떤 말을 했는지 잘 알고 있잖소! 아이가 태어나기 전에 불태워야 해. 엠마. 조금만 참아요. 조금만. 금방 돌아올 거요. 내 손으로 악마의 저주를 끝장내겠소. 우리를 위해서, 아이를 위해서!"

검은 구름 한 점이 달을 슬쩍 덮었다. 다니엘이 연문틈으로 검게 흐려진 달빛이 스며 들어왔다. 등을 돌린 다니엘에게 엠마가 외쳤다.

"다신 날 보지 못할 거예요! 지금 그 문을 열고 나가면! 제발!"

"닥쳐!"

다니엘이 바닥에 침을 뱉었다. 그러고는 무서운 얼굴로 엠마를 노려보며 외쳤다.

"말조심해! 여자의 목소리에는 사악한 힘이 실린다는 걸 몰라? 감히 함부로 그런 말을."

엠마가 이를 악물며 고통스러운 신음을 흘렸다. 끈적한 침이 주르륵 흘러내렸다. 다니엘의 표정이 무너지며 다리가 후들후들 떨렸다. 달빛이 점점 어두워지고 있었다. 문밖에서 다시 한번 사람들이 외쳤다.

"다니엘!"

다니엘은 머리를 쥐어뜯으며 기도문을 외웠다. 떨리는 다리로 바닥을 쾅쾅 굴렀다. 잠시 후 신음하는 아내를 가면 같은 얼굴로 바라보며 다니엘이 말했다.

"마녀의 저주가 당신을 덮치고 있소. 이것밖에 방법이 없어요. 다녀오겠소."

끼이익. 나무문이 괴상한 소리를 내며 열렸다. 쾅. 문이 닫혔다. 혼자 남은 엠마의 비명이 어둠을 찢으며 거미줄처럼 퍼져나갔다.

기둥에 매달린 마녀의 눈은 이미 허옇게 뒤집혀 있었다. 하늘을 향해 치켜든 턱에서 알 수 없는 중얼거림이 흘러나왔다. 검은 구름이 보름달을 향해 파도처럼 밀려왔다. 마녀 앞에는 끈적한 기름이 담긴 통이 놓여 있었다. 서둘러 달려온 다니엘은 기도문을 외우며 통에 담긴 기름을 손가락으로 휘저어 성스러운 문자를 그려 넣었다. 그러고는 통을 들어 마녀에게 끼얹었다.

"아아아아아악!"

마녀의 비명이 하늘로 솟구치자 달을 덮치던 먹구름이 물러났다. 다시금 드러난 보름달에서 흩뿌려진 빛이 마녀의 알몸을 훤하게 드러냈다. 기둥에 묶인 가냘픈 몸이 부들부들 떨리고 있었다. 바로 한 달 전까지만 해도 사람들과 함께 웃고 떠들던 마샤의 모습 그대로였다. 마샤는 겁에 질린 얼굴로 사람들을 향해 외쳤다. 마지막 힘을 짜낸 처절한 목소리였다.

"살려주세요! 전 아무것도 잘못한 게 없어요! 대체 왜 나를…. 아아악!"

기름이 벌어진 상처에 스며들자 다시금 되새겨지는 끔찍한 고통에 마샤가 몸을 뒤틀었다. 사람들 틈에 섞여 있던 마샤의 노모가 터져 나오는 비명을 손으로 틀어막았다.

"입을 찢어! 사악한 저주가 흘러나온다! 누구의 이름을 부를지 몰라!"

사람들의 목소리가 높아졌다. 어디선가 돌멩이가 날아와 마샤 옆을 스쳤다. 그걸 신호로 돌멩이가 하나둘 마샤를 향해 쏟아졌다. 그중 하나가 마샤의 얼굴에 맞았다. 마샤가 입 속에 고인 피를 탁하고 뱉어내자 조금씩 다가오던 사람들이 순식간에 서로 엉키며 뒤로 물러났다.

"뭐해! 다니엘! 어서 저 마녀를 불태워!"

다니엘은 아우성치는 사람들을 향해 손을 들었다. 누구보다 마음이 급한 건 다니엘이었다. 엠마의 비명 소리가 귀에서 떠나지 않았다. 하지만 절차를 따라야 했다. 그게 다니엘의 일이다. 다니엘은 마샤를 향해 외쳤다.

"네 이름을 말하라!"

마샤는 절망에 빠진 눈동자로 다니엘을 바라보았다. 이미 말할 기력도 없어 보였다. 몇 번 힘겹게 숨을 들이쉰 뒤 마샤가 겨우 입을 열었다.

"…다니엘, 난….."

"불경하다!"

다니엘이 눈짓하자 옆에서 기다리고 있던 사내가 다시 한번 기름을 끼얹었다. 비명을 지를 힘도 없는지 마샤는 축 늘어진 고개만 살짝 돌렸다.

"네 이름을 말하라!"

"……."

마샤는 대답이 없었다. 다시 한번 기름이 끼얹어지고 마지막으로 다니엘이 외쳤다.

"네 이름을 말하라!"

"끼아아아아아!"

마샤가 허리를 꺾으며 하늘을 향해 소름 끼치는 비명을 내뱉었다. 사람들이 벌벌 떨며 저마다 악귀를 막는 주문을 외웠다. 그 울림이 달빛이 일렁이는 화형대 주변을 소용돌이쳤다. 물러났던 먹구름이 사방에서

달을 덮쳤다. 다니엘이 다급하게 외쳤다.

"전능하신 신의 이름으로 명한다! 지옥으로 사라져라!"

다니엘이 들고 있던 횃불을 마샤에게 던졌다. 여섯 방향에 서 있던 주변의 사내들이 다니엘을 따라 횃불을 던졌다. 기름먹은 마른 나무에 순식간에 불이 옮겨붙었다. 지옥에서 솟아오른 듯한 뜨거운 불길에 마샤가 휩싸였다. 혼절하여 쓰러지는 마샤의 노모를 주변 사람들이 겨우 부축했다.

"나는. 죽지. 않는다."

불타는 화형대에서 목소리가 흘러나왔다. 그건 더 이상 마샤의 목소리가 아니었다. 마샤를 마녀로 몰았던 사람들이 기겁하며 뒤로 물러났다. 겁에 질린 채 뒤에서 지켜보던 사람들은 하나둘 도망치기 시작했다. 다니엘은 떨리는 다리에 바짝 힘을 줘 몸을 지탱했다. 날름대는 불길이 다니엘의 뺨을 핥을 듯이 넘실거렸다. 다니엘은 눈을 부릅뜨고 외쳤다.

"신의 권능에 굴복하라! 사악한 악마! 지옥으로 돌아가라!"

"불이 나의 생명일지니. 어리석은 자여."

새카맣게 탄 마샤의 몸을 휘감은 불길이 더 크게

솟아올랐다. 다니엘은 버티지 못하고 몇 걸음 뒤로 물러났다.

"나는 생명의 원천이요. 나는 이해할 수 없는 심연이요. 나는 거부할 수 없는 매혹일지니. 너희는 나를 두려워하리라."

"불을 꺼! 불을!"

다니엘이 외치자 기름통을 들고 있던 사내들이 이번에는 물을 담아와 불길에 쏟기 시작했다. 그래도 불길은 잦아들지 않았다.

"너희는 불로 나를 태울 것이다. 너희는 망치로 나를 짓이길 것이다. 너희는 사슬로 나를 묶어 노예로 삼을 것이다. 너희는 불에 타고 짓이겨지고 사슬에 묶인 나를 두려워할 것이다. 나약한 자여! 너희는 너희의 두려움을 감추기 위해 온갖 이름으로 나를 구속할 것이다. 하지만 나는. 죽지. 않는다. 내가 죽지 않으매 너희는 결코 이길 수 없다!"

불길이 사방으로 터져나가며 온 마을을 뒤덮었다. 다니엘은 자기도 모르게 엎드려 머리를 감쌌다.

"두려워하지 말라."

목소리가 들려왔다. 또 다른 목소리였다.

"어찌하여 그들을 두려워하는가. 어찌하여 너희는

너희의 자매를 불태우는가."

목을 조여오던 뜨거운 열기가 순식간에 사라졌다. 하지만 다니엘은 무거운 목소리에 짓눌려 고개를 들지 못했다.

"내가 사랑하라 하였으니 너희는 사랑하라. 두려워하지 말고 눈을 뜨라. 눈을 감고 휘두르는 칼로 너희는 스스로를 벨지니. 눈을 뜨고 속죄하라."

다니엘은 고개를 들었다. 광장에는 아무도 없었다. 불길은 어느새 사그라들고 새까만 잿더미가 된 마샤만이 화형대에 매달려 있었다. 잿더미에서 솟아오른 검은 연기가 어디론가 흘러갔다. 다니엘의 집 방향이었다.

"엠마!"

다니엘은 미친 듯이 뛰었다.

다니엘이 문 앞에 도착했을 때 살을 찢는 비명이 터져 나왔다. 다니엘은 엠마의 이름을 부르며 문을 박차고 뛰어 들어갔다. 동시에 아기의 울음소리가 들렸다.

침실로 뛰어 들어간 다니엘은 순간 멈칫했다. 온통 피와 땀으로 범벅이 된 엠마가 아직 탯줄과 태반이 그대로 달려 있는 갓난아기를 품에 안고 있었다. 다행히 산모와 아기 모두 무사했다. 다니엘은 신에게 감사하며 성호를 그었다.

탈진한 듯 보이는 엠마가 입술을 달싹였다. 다니엘은 가까이 다가가 귀를 기울였다.

"엠마…."

"뭐라고?"

"…내 이름은. 엠마예요."

이해할 수 없는 말에 다니엘은 멍하니 아내를 바라보았다. 아내는 살짝 웃으며 안고 있던 아기를 건넸다.

"딸이에요. 이름은. 뭐라고 지을까요?"

계단을 오르는 방법에 대하여

당신은 어느 도시에 살고 있는 평범한 성인이다. 산길을 걷고 있던 당신은 어느덧 날이 어두워지자 발길을 재촉한다. 그런 당신 앞에 시커먼 사냥개 한 마리가 나타난다. 사냥개는 당신에게 달려들어 꼬리를 흔들며 주위를 맴돌더니 당신을 어디론가 안내한다. 당신은 사냥개를 부르려 하지만 이름을 알 수가 없다.

사냥개를 따라간 당신 앞에 단층 주택이 하나 나타난다. 환하게 불이 켜진 주택의 창문으로 사람의 실루엣이 보인다. 실루엣은 당신을 향해 손짓한다. 현관문은 잠겨 있지 않다. 집으로 들어선 당신은 현관에 아무런 신발도 놓여 있지 않다는 사실을 눈치챈다. 당신의 신발 두 짝만 남겨 놓고 싶지 않아 주위를 둘러보았지만 신발장이 보이지 않는다. 당신은 신발을 벗어 신발코가 현관 쪽으로 향하도록 돌려놓는다. 당신은 그제야 양말을 신고 있지 않다는 것을 깨닫는다.

"어디 갔다가 이제 왔어?"

누군가의 목소리가 들린다. 당신은 본능적으로 숨을 곳을 찾는다. 현관 바로 옆으로 자물쇠가 달린 문이 하나 보인다. 현관을 향해 다가오는 그림자는 날카로운 칼을 들고 있다. 당신은 숨는 걸 포기하고 다가오는 사람을 향해 반갑게 웃는다. 다가온 사람은 당신을 지나쳐 현관에 놓인 신발의 신발코를 집 안쪽으로 돌려놓고는 말한다.

"뭘 좀 만들고 있었어. 당신이 좋아하는."

집 안으로 들어간 당신의 눈에 거실과 붙어 있는 주방이 보인다. 도마 위에는 붉은 고깃덩어리가 놓여 있다. 썰린 덩어리의 일부는 이미 옆에 있는 냄비 속에서 끓고 있다. 거실에는 두꺼운 커튼이 드리워져 있다. 밖에서는 아무 소리도 들리지 않는다. 당신은 다시 밖으로 나가려 하지만 칼을 든 사람은 당신의 손목을 끌어 식탁에 앉힌다. 네모난 4인용 식탁에는 세 개의 의자가 놓여 있다.

당신은 도마 위에 놓인 고깃덩어리의 일부가 더 썰려 냄비 속으로 들어가는 것을 지켜본다. 그 사람은 남은 고깃덩어리를 다시 냉동실 안에 넣는다. 냉동실은 텅 비어 있다. 요리를 하며 그 사람은 콧노래를 흥얼거린다. 무슨 노래인지 모르는데도 당신은 따라 부를 수 있다. 콧노래는 마지막 소절 하나를 남기고 멈췄다. 당신은 따라 부르지 않는다.

식탁 위에 책이 하나 놓여 있다. 붉은 표지의 두꺼운 책은 중간 부분의 몇 장에만 손때가 묻어 있다. 표지 상단에 쓰인 제목은 반 이상이 지워져 읽을 수 없다. 당신이 책을 펴보기 전에 그 위에 뜨거운 냄비가 놓인다. 냄비 안에는 붉은 국물을 잔뜩 머금어 흐물흐물해진 고깃덩어리가 떠 있다. 국자로 고기를 하나 가득 퍼서 당신의 그릇에 옮겨주며 그 사람은 말했다.

"오늘은 이제 그만 해."

당신은 고개를 끄덕인다. 그 사람은 자신의 그릇에도 냄비 안의 찌개를 담아 먹기 시작한다. 심한 허기를 느끼면서도 당신은 아무것도 먹지 않는다. 자신의 몫과 냄비 안에 남은 찌개와 당신의 몫까지 모두 먹어 치우고 나서야 그 사람은 먹기를 멈춘다. 당신은 여기서 나가야 한다고 생각한다. 그 사람이 당신에게 말한다.

"오늘따라 개가 시끄럽네."

거실 한쪽에 이층으로 올라가는 계단이 보인다. 계단 손잡이에는 하얗게 먼지가 쌓여 있다. 네 번째 계단은 부서져 있다. 계단 바로 앞에는 발바닥과 다섯 개의 발가락이 뚜렷하게 찍힌 붉은 얼룩이 남아 있다. 당신은 이 집에서 빠져나가야 하는 건 당신이 아니라 그 사람이라고 생각한다.

당신은 침실로 들어간다. 침실 한가운데에 의자 하나가 놓여 있다. 누군가가 자물쇠를 달그락거리고 있다. 당신에게는 아무 소리도 들리지 않는다. 갑자기 화장실에 가고 싶어진다. 당신은 억지로 참고 잠을 청한다. 당신은 꿈도 꾸지 않는 깊은 잠에 빠져든다.

다음 날 아침 당신은 눈을 뜬다. 샤워를 하고 싶었지만 욕조가 무언가에 막혀 물이 내려가지 않는다. 대충 씻고 나온 당신에게 그 사람은 또 고기를 끓여주려 한다. 아직 속이 더부룩한 당신은 아무것도 먹고 싶지 않다는 뜻으로 고개를 젓는다. 그 사람은 고깃덩어리를 꽉 차 있는 냉동실의 빈틈에 쑤셔 넣는다.

"피곤해도 오늘은 나갔다 와야 해."

그 사람이 말한다. 당신은 고개를 끄덕인다. 어제 집에 들어올 때와 똑같은 차림으로 등에 배낭을 멘다. 현관으로 간 당신은 신발코가 현관 쪽으로 향해 있는 신발에 발을 집어넣는다. 문을 열고 나가자마자 멀리서 시커먼 사냥개가 당신을 향해 짖으며 달려온다.

사냥개는 냄새를 맡으며 당신을 어디론가 끌고 간다. 당신은 풀숲에 맺힌 새벽이슬에 흠뻑 젖는다. 저렇게 큰 사냥개에 목줄을 하지 않은 걸 보며 당신은 위험하다고 생각한다. 당신은 될 수 있으면 사람이 없는 곳으로 가고 싶다. 하지만 사냥개는 말을 듣지 않는다.

당신은 여전히 도망쳐야 한다고 생각한다. 사냥개가 골목 모퉁이를 돌았을 때 당신은 발걸음을 멈춘다. 당신은 뒤로 돌아 시내로 향한다. 문득 이렇게 도망치면 사냥개가 다른 사람을 공격할지도 모른다는 생각이 들었다. 당신은 그게 당신의 책임은 아니라고 생각한다.

당신은 어제 보았던 붉은 표지의 두꺼운 책을 떠올린다. 갑자기 그 책의 내용이 견딜 수 없이 궁금해진다. 서점에 들른 당신은 점원에게 책의 제목을 말한다. 책을 찾아준 점원에게 당신은 고맙다는 인사를 한다. 책 중간을 뒤적거리던 당신은 갑자기 두려움에 휩싸이며 더 읽지 못하고 서점을 나선다.

오늘 아침부터 아무것도 먹지 않아 당신은 배가 고프다. 하지만 주변의 식당을 둘러봐도 식욕이 나지 않는다. 당신은 서점 주변을 돌며 배회하다가 한 커피숍에 들어간다. 주문한 아메리카노를 받아 테이블에 내려놓은 뒤 당신은 화장실에 간다.

손목에 찬 시계를 풀자 보기 흉한 흉터가 드러난다. 당신은 개의치 않고 손을 씻는다. 갑자기 당신은 약국에 들러야겠다는 생각을 한다. 자리로 돌아오던 당신은 당신의 빈 아메리카노 잔 앞에 누군가가 앉아 있는 걸 발견한다. 잠시 망설이던 당신은 그 사람의 맞은편에 앉는다.

"도망치려고 해봐야 소용없어."

당신은 알고 있다는 듯 고개를 끄덕인다. 커피숍을 나온 당신 앞에 사냥개가 나타난다. 사람들은 무심하게 사냥개를 지나친다. 당신은 또다시 사냥개에게 이끌려 어딘가로 향한다. 당신은 사냥개가 아까 만났던 서점 점원을 쫓고 있다는 걸 알아챈다.

으슥한 골목에 들어섰을 때 사냥개가 점원을 덮친다. 당신은 황급히 달려가지만 이미 점원은 정신을 잃고 쓰러진 뒤다. 바닥에 떨어진 붉은 표지의 책을 당신은 서둘러 가방 안에 도로 집어넣는다. 점원을 둘러업은 당신은 병원으로는 갈 수 없다고 생각한다.

어느새 해가 지고 있다. 환하게 불이 켜진 단층 주택 안에는 사람의 실루엣이 보이지 않는다. 당신은 열린 현관문을 밀고 들어가서는 메고 있던 점원을 바닥에 쿵 내려놓는다.

"수고했어."

그 사람이 말한다. 당신은 갑자기 배가 고파진다. 빈속에 마신 아메리카노 탓인지 속이 쓰리다. 굶어 죽기 위해서는 며칠이 필요할지 궁금하다. 굶어 죽는 것조차 당신의 마음대로 되지 않을 거라는 걸 당신은 앞에 서 있는 사람을 보며 깨닫는다. 그 사람은 당신의 신발을 신발코를 안쪽으로 해서 가지런히 놓는다.

누군가가 자물쇠를 달그락거린다. 당신에게는 아무 소리도 들리지 않는다. 당신이 샤워를 하는 동안 그 사람은 요리를 한다. 당신의 얼굴에 난 긴 상처에 물이 스며들어 따끔하다. 뺨 위의 상처를 바라보며 당신은 그 사람을 죽여야겠다고 생각한다.

그 사람은 냄비에 붉은 물을 끓이고 있다. 도마 위에는 잘게 잘린 고깃덩어리가 놓여 있다. 당신은 그 옆에 있는 식칼을 집어 든다. 당신은 먼저 열쇠가 어디 있는지 물어봐야겠다고 생각한다. 당신은 문득 집에 거울이 하나도 없다는 걸 떠올린다. 당신은 거실에 있는 계단을 바라본다.

"계단을 올라갈 수 있겠어?"

그 사람이 말한다. 당신은 당신이 아니라 그 사람이 계단을 올라갔으면 좋겠다고 생각한다. 식탁 위에는 붉은 표지의 책이 놓여 있다. 제목은 여전히 읽을 수 없다. 당신은 그 책을 언제 읽었는지 떠올려보려 했지만 아무래도 기억이 나지 않는다. 그 사람이 책 위에 찌개 냄비를 올려놓는다.

당신은 배가 고프다. 하지만 붉은색의 찌개에서는 아무런 냄새도 나지 않는다. 당신 몫의 한 그릇을 떠놓은 그 사람은 자신의 몫을 떠서 찌개를 먹는다. 당신은 어제 꾼 악몽을 떠올린다. 당신은 문득 지금도 악몽을 꾸고 있을지도 모른다는 생각을 한다. 당신은 손에 든 식칼을 당신의 손목에 가져다 댄다. 당신은 아주 오래전 이상한 이야기를 읽었던 기억을 떠올린다.

당신은 방금 삼켰던 고기 조각을 토해낸다. 갑자기 책의 제목이 기억난다. 당신은 찌개 냄비를 밀어내고 붉은 책을 집어 든다. 당신은 책장을 넘기지만 글자는 눈에 들어오지 않는다. 손때가 묻어 있는 부분이 나왔을 때 당신의 손이 멈춘다.

당신은 책을 들고 계단으로 간다. 계단 위에 오래된 나무문이 보인다.

당신은 부서진 네 번째 계단으로 뛰어오른다. 당신은 들고 있는 칼로 손목을 긋는다. 당신은 부서진 일곱 번째 계단으로 뛰어오른다. 당신은 주머니에서 알약을 한 움큼 꺼내 입속에 털어 넣는다. 당신은 부서진 열 번째 계단으로 뛰어오른다. 당신은 당신의 이름을 비어 있는 목구멍으로 외친다. 당신은 마지막 열세 번째 계단으로 뛰어오른다. 당신은 당신의 넥타이를 목에 조이고 그 끝을 난간에 묶는다. 계단 끝에 있던 나무문이 벌컥 열린다.

당신은 책에서 마지막 구절을 읽는다. 당신은 심호흡을 하고 나무문 밖으로 몸을 던진다. 당신의 몸이 시커멓고 차가운 바닥에 떨어진다. 당신은 꿈도 꾸지 않는 깊은 잠에 빠져든다.

다음 날 아침 당신은 눈을 뜬다. 당신은 방 한가운데 쓰러져 있는 의자를 다시 세워놓는다. 당신은 현관으로 나간다. 당신의 신발이 신발코가 안쪽을 향한 채 놓여 있다. 당신은 신발을 신지 않고 맨발로 현관 밖으로 나간다. 멀리 사냥개가 당신을 바라보며 짖는 모습이 보인다. 당신은 뺨에 있는 상처를 만진다. 당신은 단층 주택의 창문 안에서 사람의 실루엣을 본다. 실루엣은 당신을 향해 손짓한다.

당신은 어딘가에 전화를 해야겠다고 생각한다. 당신은 배낭을 뒤져 휴대폰을 꺼낸다. 사냥개가 무섭게 짖으며 당신에게 달려든다. 당신은 도망가지만 사냥개는 당신의 배낭을 물고 늘어진다. 붉은 표지의 책이 배낭에서 떨어져 뒹군다.

당신은 휴대폰의 버튼을 누른다. 사냥개가 당신을 덮친다. 당신은 소리 내어 외친다. 당신은 당신이 말을 할 수 있다는 걸 깨닫는다. 뜨거운 무언가가 당신의 목을 뒤덮는다. 당신은 떨어져 뒹구는 붉은 책을 바라본다. 당신은 이제 고통을 느낀다.

당신은 악몽이 시작되기 전에 붉은 책을 읽었던 걸 기억해낸다. 바닥에 떨어진 붉은 책이 펼쳐지며 책장이 넘어가다가 손때 묻은 중간 부분에서 멈춘다. 책에는 이상한 이야기가 쓰여 있다. 그 이야기를 읽으며 이모든 일이 시작되었다는 걸 깨닫는다. 첫 번째 문장이 당신의 눈에 들어온다.

당신은 어느 도시에 살고 있는 평범한 성인이다.

벨제붑

푸른색 바다로 둘러싸인 지구는 생명으로 가득 차 있었다. 활기찬 작은 생명체들은 기나긴 진화의 역사가 시작된 이래 그 어느 때보다 높은 밀도로 육지와 바다를 가릴 것 없이 지구의 표면을 뒤덮고 있었다. 동료들이 셔틀의 점검을 마무리하는 동안 스튜어트와 나일라는 우주정거장의 둥근 유리창을 통해 지구를 내려다보며 심호흡했다. 나일라가 인상을 잔뜩 구기며 말했다.

　"멀리서 보면 이렇게 아름다운데⋯. 죽음의 별이 되었다니 믿을 수가 없어."

　"정확하게는 인간에게만 내려진 형벌이죠. 지구를

가득 채운 저 작은 생명체들에게는 천국일 테니까요."

스튜어트는 언제나 그렇듯 감정이 실리지 않은 밋밋한 목소리로 대답했다. 동료들이 안드로이드가 아니냐며 놀릴 정도였다. 그런 농담에도 스튜어트는 안드로이드의 정의를 하나씩 되짚으며 논리적으로 맞받곤 했다. 스튜어트의 말투에 익숙한 나일라는 중얼거리듯 한탄했다.

"날파리에게 지구를 **뺏기**다니, 말이 돼?"

"드로소필라 프로제니티부스(*Drosophila progenitivus*)입니다. 아니면 벨제붑이라는 별명으로 부르시던가요. 날파리라니. 나방파리를 말하시는 거죠? 사이코다 알터나타(*Psychoda alternata*). 사실 그 둘은 생김새 말고는 닮은 점이 하나도 없죠."

"제길. 지금 그게 중요해? 어차피 지구는 저 날파리들로 뒤덮였는데. 학명 가지고 따질 사람이 누가 있다고. 우리가 부르면 그게 이름이지. 날파리. 날파리. 난 계속 날파리라고 부를 거야."

"네. 알겠습니다. 그게 나일라가 스트레스를 해소하는 방법이겠죠. 이건 제 방법이고요."

스튜어트가 나일라에게 어색한 미소를 지어 보였다. 나일라를 잔뜩 옥죄고 있던 긴장이 조금 풀렸다. 둘은 마지막 임무를 앞두고 있었다. 임무가 성공한다면 둘은 죽게 된다. 어차피 대부분의 인간은 이미 죽었다.

인간은 지구를 혹사시키기를 멈추지 않았고 수많은 사람의 경고대로 온난화가 찾아왔다. 극지방의 얼음이 녹았고 해수면이 상승했다. 기류의 이상으로 고위도 지방은 혹독한 추위에 시달렸다. 그래도 인간은 보란 듯이 살아남았다. 조금 줄어든 육지 면적과 십몇 도가량의 기온 변화는 기술력으로 무장한 인류의 생존에 걸림돌이 되지 못했다.

종말은 뜻밖의 경로로 시작되었다. 온난화로 녹은 빙하에서 다량의 철분이 바다로 유입되었고 식물성 플랑크톤이 번성했다. 인간들의 남획으로 수많은 어종이 멸종해버린 바다에서 플랑크톤을 먹이로 삼아 번성한 것은 놀랍게도 파리였다.

초파리의 한 변종이 바다로 퍼지기 시작했다. 하천이나 연못 대신 바다로 들어간 이 파리들은 넘쳐나는 플랑크톤을 먹으며 끊임없이 번식했다. 순식간에 해안가를 뒤덮은 이 파리에 드로소필라 프로제니티부스, 번성하는 파리라는 학명이 붙여졌다. 그때까지도 인간들은 이 파리를 심각하게 생각하지 않았다. '지옥의 악마'를 뜻하는 벨제붑이라는 별명으로 이 파리를 부르기 시작한 건 몇 달 후부터였다.

살충제 폭격 속에서 살아남은 변종이 오직 인간에게만 작용하는 치명적인 세균을 품게 되자 상황이 달라졌다. 파리를 숙주로 삼은 세균은 파리에게는 무해하지만 인간의 몸속에 침투하면 순식간에 중추 신경을 마비시켜 사망에 이르게 했다. 사망한 인간의 몸에서 번식한 세균은 일종의 페로몬을 방출해 파리들을 끌어들였다. 파리들이 시체에 알을 낳으면 세균은 그알 속으로 파고 들어가 다른 인간에게 이동할 숙주로삼았다.

결과는 치명적이었다. 7개월 만에 파리들은 육지를 정복했고 지상의 인류는 절멸했다. 살아남은 건 우주정거장에 파견되어 있던 우주인들과 세계 곳곳의 밀폐된 벙커에서 저장된 음식을 먹으며 연명하는 몇몇 무리뿐이었다. 그나마도 얼마나 남아 있을지는 미지수였다.

"나일라, 스튜어트. 준비됐어요. 셔틀은 이상 없고 남아 있는 모든 연료를 실었어요."

셔틀의 점검을 맡은 수연이 지구를 바라보며 멍하니 생각에 잠겨 있던 두 사람을 불렀다. 식량은 지하 벙커뿐 아니라 우주정거장에서도 바닥나고 있었다. 최

268

후의 임무라도 맡을 수 있는 나일라와 스튜어트는 어찌 보면 행운이었다. 수연을 비롯해 정거장에 남는 사람들은 그저 임무가 성공하기만을 기원하며 머지않아 다가올 죽음을 속절없이 기다려야 했다.

이 임무가 인류를 구원할 거라는 확신은 없었다. 격론이 벌어지며 결단이 미루어졌다. 더 이상 다른 대안이 없어진 후에야 우주인들은 인류 최후의 발악을 시도해보기로 결심했다. 인간을 배신한 지구에 날리는 잔인한 보복이었다.

지상의 인류가 절멸하기 직전에 우주정거장으로 코드 하나가 전송되었다. 네바다에 위치한 핵미사일 기지를 통제할 수 있는 암호 코드였다. 멸종에 직면한 인류가 파리를 상대할 무기는 지구 전역에 투하할 핵미사일이었다. 셔틀 조종석에 앉아 벨트를 조이며 나일라는 또다시 불만을 터뜨렸다.

"아무리 생각해도 괘씸해. 결국 핵 벙커 속에 있는 자신들만 살아남겠다는 거잖아?"

"모두가 죽는 것보단 낫겠죠. 다른 대안이 없지 않습니까?"

지상에서 전송된 코드에는 보안 장치를 해제할 수 있는 암호와 미리 세팅된 핵미사일의 궤도가 들어 있었다. 핵미사일 발사는 원격으로 승인할 수 없었다. 코드가 들어 있는 메모리칩을 제어 장치에 물리적으로 연결한 뒤 레버를 돌리고 버튼을 눌러야 했다. 지상에는 그걸 할 수 있는 사람이 남아 있지 않았다.

"그럼 자기들이 하면 되잖아. 꼭 우리를 시켜야 해?"

"벙커의 문을 여는 순간 파리떼가 들이닥칠 겁니다. 지하와 우주 둘 중 하나는 방사능 레벨이 일정 수준 이하로 떨어질 때까지 밀폐된 상태를 유지하며 살아남아야 하는데 우리에게는 그 정도 식량이 없죠. 합리적인 결정입니다."

"나일라, 스튜어트. 셔틀 분리합니다. 대기권 진입까지는 여기서 통제하지만 착륙은 수동으로 해야 해요. 행운을 빕니다."

"신의 가호가 함께하길."

나일라가 대답했다. 나일라는 수연에게 행운을 빌어 줄 수 없었다. 우주정거장에 남은 사람들이 할 수 있는 일은 아무것도 없고 행운이 필요할 일도 없다. 행운이라는 말을 피하려다 신의 가호를 빌어주고 말았지만 나일라는 신도 믿지 않았다. 만일 신이 존재한다면 신의 의도는 인류의 멸망이고 정화라는 뜻이 된다. 핵 벙커는 노아의 방주고 재빨리 벙커로 피신한 고위층과 부자가 선택받은 인류다. 설령 신이 존재한다고 해도 나일라는 그런 선택을 한 신을 믿고 싶지 않았다.

정거장에서 분리된 셔틀이 연료를 분사하며 지구를 향해 다가갔다. 연료는 대기권 진입에 꼭 필요한 만큼만 남아 있었다. 우주인들이 마지막까지 결정을 미룬 탓이었다. 꼼꼼한 수연은 10퍼센트의 여유를 두고 연료량을 계산했고 계산대로 연료는 꼭 10퍼센트가 남았다. 나일라는 대기권 진입 직전에 엔진을 정지하고 남은 연료를 버렸다. 연료가 남아 있으면 셔틀이 폭발할 위험이 있었다.

대기권에 진입하기 시작하자 셔틀 주변의 온도가 높아지며 유령처럼 꿈틀거리는 흰색의 플라즈마가 셔틀을 뒤덮었다. 잠시 후 정거장과의 통신이 끊어졌다. 플라즈마가 걷히자 다시 지구의 둥근 수평선이 시야에 들어왔다. 나일라는 셔틀을 수동 모드로 전환했다.

"제길. 여전히 아름답네. 저 지구에 핵폭탄을 떨어뜨려 시커먼 먼지로 뒤덮는 게 정말 잘하는 짓일까?"

"어쨌든 인간은 살아남아야 하니까요. 지구와 인간 둘 중 하나가 죽어야 한다면 지구가 죽어야겠죠."

엔진을 정지한 셔틀은 커다란 날개를 미세하게 움직이며 S자로 활강했다. 울퉁불퉁하고 황량한 네바다의 지형이 눈에 들어왔다. 나일라는 핵미사일 기지의 위치를 확인하며 조금씩 방향을 틀었다. 착륙 기회는 단 한 번이었다. 지상관제의 도움 없이.

고도가 점점 낮아지면서 멀리 기지의 활주로가 보이기 시작했다. 나일라는 활주로 방향에 맞게 셔틀의 방향을 조정했다. 지상을 확인하던 스튜어트가 말했다.

"정말. 모두 사실이었군요. 이런 황량한 곳까지 벨제붑이 뒤덮고 있어요."

"세상에. 이런 데서 대체 뭘 먹고 저렇게 번식하고 있는 거지?"

"영양분이 있는 유기물이라면 뭐든 먹을 겁니다. 관목, 작은 벌레, 사람의 시체. 인간이 발을 내디딘 곳이라면 저 녀석들도 갈 수 있죠."

희미한 검은 점들이 먼지바람이 되어 지상 위에 물결치고 있었다. 고도가 낮아질수록 검은 점이 더 뚜렷하게 보였다. 점은 기지 근처에 집중적으로 몰려 있었다. 활주로와 정방향으로 맞춘 셔틀이 기지에 접근하자 군데군데 무리를 이룬 파리떼가 보였다.

"저게… 뭐지?"

"인간의 시체일 겁니다. 이곳에 지하 벙커가 있다는 걸 안 사람들이 필사적으로 모여들었겠죠. 대부분은 중간에 파리의 공격을 받고 죽어서 식량으로 쓰였겠지만. 벨제붑이 핵미사일 기지로 이동하는 훌륭한 다리가 되었을 겁니다. 조심해서 착륙하십시오. 방호복이 찢어지기라도 하면 우리도 똑같은 처지가 될 테니까요."

나일라는 입술을 깨물며 전방을 노려보았다. 검은 구름에 뒤덮인 활주로가 눈앞에 보였다. 지상에 접근하자 파리들이 날아와 조종석에 부딪혔다. 한두 마리씩 달라붙던 파리들이 순식간에 유리창을 뒤덮어 시야를 완전히 가려버렸다.

"앞이 안 보입니다. 나일라. 괜찮겠습니까?"

"예상했던 일이야. 지형은 머릿속에 다 있어. 눈 감고도 착륙할 수 있으니까 걱정 마. 꽉 잡아."

나일라는 조종간을 단단히 붙잡은 채 숫자를 세기 시작했다. 다섯까지 센 후 조종간을 당기자 기수가 들어 올려지며 기체가 급정거했다. 동시에 바퀴가 바닥에 닿으며 낙하산이 펴졌다. 피가 앞쪽으로 쏠리자 스튜어트는 눈을 감았다. 사방으로 흔들리는 충격이 잦아들고 셔틀은 정적에 휩싸였다.

"괜찮아? 다친 데 없지?"

"멋진 착륙이었습니다. 나일라."

둘은 방호복을 점검하고 산소통을 연결했다. 나일
라는 내부를 살짝 가압해 새는 부분이 없는지 확인한
뒤 무전기를 통해 말했다.

"스튜어트. 준비됐어?"

"됐습니다. 이제 가시죠."

나일라는 고개를 끄덕이고 콕핏을 열었다. 동시에
시커먼 파리떼가 몰려들었다. 둘은 연신 헬멧을 문질
러 시야를 가린 파리를 닦아 내며 움직여야 했다. 방호
복이 완전히 밀폐되었다는 걸 몇 번이나 확인했지만
숨을 쉴 때마다 파리들이 빨려 들어올 것 같은 느낌
을 떨쳐내기 힘들었다. 나일라가 이를 갈며 말했다.

"어서 이 자식들을 끝장내러 가자고."

스튜어트가 정거장으로 전송된 비밀 코드를 입력
해 기지의 보안 시스템을 해제했다. 굳게 닫혀 있던 출
입문이 무색하게 파리떼는 환기구를 통해 이미 기지
곳곳에 퍼져 있었다. 별도의 공기 순환 시스템을 갖추
고 있는 지하 벙커를 제외한 기지 전체가 파리에게 점
령당했을 것이다. 벙커로 피신하지 못한 직원과 병사
들, 간신히 이곳까지 와서 쓰러진 일반인들의 시체가
어김없이 시커먼 파리떼에 뒤덮인 채 사방에 널려 있
었다.

통제실로 향하는 두 사람의 움직임을 따라 파리들은 자석처럼 달라붙었다. 걸음을 옮길 때마다 발바닥에 달라붙은 파리들이 바닥에 짓눌리며 뚜렷한 발자국을 남길 정도였다. 그래도 안쪽으로 들어갈수록 파리들은 줄어들었다. 나일라가 한숨을 내쉬며 말했다.

"핵미사일 제어 시스템은 동작할까? 이 녀석들이 회로에 눌어붙으면 죄다 합선되어 버릴 텐데."

"이 녀석들은 방사능 레벨에 민감하게 반응합니다. 핵미사일 격납고 근처에는 다가가지 않는다고 하더군요. 지구 전체에 핵 공격을 가하자는 아이디어가 그래서 나온 거죠."

그 말은 사실이었다. 통제실에 다가갈수록 확실히 파리가 줄어들었다. 그래도 여전히 많았다. 바닥에 널브러진 시체에 숨어 있던 파리들이 두 사람을 향해 날아들었다. 다행히 회로까지 망가뜨리진 않은 모양이었다. 통제실의 전산 시스템은 정상 작동했다.

"통제실도 핵 벙커의 일부잖아. 왜 이곳은 차단하지 않은 걸까?"

"차단했지만 실패했을 겁니다. 이 통제실은 핵 벙커의 최상층에 있으니까요. 벙커는 지하 10층까지 뚫려 있어요. 중간 어딘가에서 차단에 성공했다면 그 밑에는 아직 사람들이 살아 있을지도 모릅니다. 아니. 분명히 살아 있을 겁니다. 그러니 그곳에서 우리에게 기밀 코드를 전송했겠죠.”

스튜어트의 대답에 나일라가 짜증을 냈다.

“제길. 생각하니 또 화가 나네. 코앞에 있는 발사 장치를 동작시키기 위해 우주에 있는 우리를 불러 내리는 게 말이 돼?”

“왜 안 그러겠습니까? 그쪽이 덜 위험한데. 파리가 숨어들 위험을 감수한 채 벙커를 열고 싶지는 않았겠죠. 그리고 완벽하게 차폐된 상태로 사람이 나올 수 있다고 해도 그 사람이 다시 들어가진 못할 겁니다. 한 명이 죽는 것보단 한 명도 안 죽는 게 낫잖아요? 그 사람들 입장에서는.”

“그럴 만도 하겠네. 죄다 귀하신 분들 뿐일 테니. 귀하신 분들을 구하기 위해 목숨을 버리는 임무라니. 정말 고귀한 임무네.”

빈정거리면서도 나일라는 신중하게 제어 장치의 덮개를 열었다. 스튜어트가 제어 장치에 메모리칩을 연결하는 동안 나일라는 연신 팔을 휘저어 단자 쪽으로 날아드는 파리를 내쫓았다. 몇 번의 경고 메시지와 함께 핵미사일의 궤도가 설정되었다. 발사 가능한 미사일의 전부. 목표 지점은 지구 전역이었다. 레버를 돌리고 버튼을 누르면 끝이다. 나일라가 머뭇거리며 말했다.

"우리가 하려는 게 정말 옳은 일일까? 날파리를 쓸어버리는 거야 좋지만. 지구상에 있는 수많은 생물이 죽을 거야. 살아남는 건 극히 소수겠지."

"그 소수에 인간이 포함되니까요. 살아남기 위해 하는 일에 옳고 그름을 따질 수는 없다고 생각합니다."

이미 우주정거장에서 수없이 했던 논쟁이었다. 나일라는 고개를 끄덕였다. 레버를 돌리자 보호 덮개가 열리며 버튼이 드러났다. 잠시의 망설임도 없이 스튜어트는 버튼을 눌렀다. 비상 사이렌이 울리며 카운트다운이 시작되었다. 임무는 성공이다. 나일라가 작은 한숨을 내쉬었다.

*

그런데 발사 장치가 동작하는 것을 확인한 스튜어트가 나일라를 보며 뜻밖의 말을 했다.

"역시 그렇죠? 살아남기 위해 하는 일에 옳고 그름을 따질 수는 없습니다. 우리도 살아남아야죠."

"우리? 우리가 살아남는다고? 어떻게?"

"우주정거장으로 전송된 보안 코드를 좀 분석해봤

습니다. 코드에는 통제실까지의 접근만 허용되어 있었지만 기지 전체로 확대했죠. 벙커를 포함해서요. 그렇게 어렵지는 않았습니다."

나일라는 뒤통수를 얻어맞은 듯 멍하니 스튜어트를 바라보았다. 스튜어트의 표정에는 변화가 없었다. 커피를 마시며 가벼운 농담을 할 때와 마찬가지였다. 두 사람을 따라 들어왔는지 통제실 내에는 아까보다 훨씬 많은 파리가 날아다니고 있었다. 스튜어트를 절반쯤 뒤덮은 파리들을 보고 있자니 몸 여기저기가 간지러웠다. 파리가 방호복 속으로 새어 들어왔다는 느낌을 떨쳐낼 수가 없었다.

"설마… 벙커를 열고 들어가겠다는 거야? 그렇게 파리들을 달고?"

"그럼 벙커에 들어가봐야 죽겠죠. 파리를 제거하고 들어가야 합니다. 최대한."

"최대한이라고? 파리 한 마리라도 벙커 안에 들어가면 끝이야! 벙커 속에 있는 사람들 모두가 죽게 된다고! 어쩌면 인류의 마지막 생존자인지도 모르는 사람들을 우리 손으로 죽이겠다고?"

스튜어트는 고개를 갸웃거리며 말했다. 카운트다운은 이미 절반 정도 진행되었다.

"이상하네요. 우린 지금 한 줌 남은 인간을 살리려고 지구 전체의 생명체를 말살하러 여기에 온 겁니다. 인간이 살기 위해서는 지구를 죽일 수도 있다는 논리로 이 임무를 수행하는 거라고요. 전 제가 살기 위해서는 인간 전체를 죽일 수도 있습니다. 그게 뭐가 다릅니까?"

"이런 제길. 스튜어트. 지금 내가 나 하나 살자고 이 임무에 자원한 줄 알아? 난 내 목숨을 바쳐서 인류를 구하기 위해 여기 온 거라고. 내 목숨 하나 구하려고 발버둥 치다가 추하게 죽기 위해 여기 온 게 아니란 말이야!"

"솔직히 실망스럽습니다. 나일라 입으로 말했잖아요. 저 벙커 속에 있는 건 권력자와 부자뿐이라고. 그 사람들을 구하기 위해 우리의 목숨을 버려야 하냐고 분노하지 않았습니까? 그 사람들을 대놓고 죽이자는 것도 아닙니다. 우리가 살기 위해 최선을 다하자는 거지. 저기 있는 귀하신 분들의 생존 확률을 높이기 위해 우리가 그 노력도 포기해야 합니까?"

스튜어트는 여전히 침착했다. 나일라가 무슨 말을 하든 스튜어트는 계획을 포기하지 않을 것이다. 나일라는 할 말을 잃고 한발 물러섰다.

"대체 어떻게 하자는 거야? 일단 계획이나 말해 봐."

스튜어트가 대답하려는 순간 카운트다운이 끝났다. 중앙의 스크린에 미사일이 하나씩 발사되는 현황이 표시되었다. 그중 하나는 이 기지에서 불과 백 킬로미터 떨어진 곳이 목표였다. 남은 시간은 10분 남짓이었다.

"시간이 없습니다. 도와주든 말든 자유지만, 방해하면 그냥 두지 않겠습니다."

스튜어트가 뛰기 시작했다. 나일라도 재빨리 뒤를 따랐다. 여전히 수많은 파리가 방호복에 붙어 있는 채였다.

스튜어트는 지하 벙커로 내려가는 길을 어렵지 않게 찾아냈다. 기지 전체의 지도를 외운 모양이었다. 계단을 통해 내려간 스튜어트는 다음 층으로 들어가는 출입구 앞에서 나일라를 돌아보며 말했다.

"이곳의 벙커는 층마다 개별적으로 차폐가 되고 있습니다. 파리들이 침투한 층까지는 그대로 지나가고 침투하지 못한 층이 나오면 위층과의 연결을 차단한 뒤 따라 들어온 파리들을 모두 제거하고 다음 층으로 내려가는 겁니다. 간단하죠?"

"그럼 그 층에 있는 사람들은 모두 감염될 텐데. 우리처럼 방호복을 입고 있지도 않을 거잖아."

"어쩔 수 없죠. 하지만 차폐된 맨 위층에는 머무는 사람이 적거나 아예 없을 가능성이 클 겁니다. 누구나 제일 아래층에 있고 싶어 할 테니까요. 한두 층 정도는 파리의 침입을 막는 버퍼로 쓰고 있을 확률이 높겠죠. 시간이 없습니다. 준비하고 최대한 빨리 움직이세요. 출입구가 열리는 시간을 최소화해야 하니까."

나일라는 묵묵히 고개를 끄덕였다. 스튜어트가 코드를 입력하자 벽면 일부가 열리며 레버가 드러났다. 레버를 당기자 압력이 빠지는 소리가 들리며 덜컥하고 문이 열렸다. 둘은 몸에 달라붙은 파리들을 최대한 털어내고 심호흡을 한 뒤 재빨리 문을 열고 통로를 통과했다. 둘의 노력에도 불구하고 수많은 파리가 둘을 따라 통로를 통과했다. 어디선가 모여든 파리들이 합세하여 둘은 또다시 시커멓게 뒤덮여 버렸다.

"여긴 이미 오염되었습니다. 다음 층으로."

스튜어트와 나일라는 그렇게 몇 개 층을 더 내려갔지만 결과는 마찬가지였다. 조금 줄어들었나 싶다가도 두 사람이 움직이기 시작하면 어디 숨어 있었는지 꾸역꾸역 파리들이 기어 나왔다. 나일라가 신경질적으로 눌러 죽일수록 파리의 수는 점점 더 늘어났다. 파리가 죽으며 터져나가는 체액이 다른 파리를 끌어들이는 모양이었다.

"스튜어트. 여기 벙커의 공기 조절 시스템이 일체형 인가? 아니면 층마다 개별적으로 분리되어 있나? 공조가 뚫렸다면 희망이 없겠어."

"제가 알기로는 개별입니다. 그렇지 않으면 최소한 미세필터라도 붙어 있을 거고요. 공기 중에 퍼진 방사능 물질이 타고 들어오는 걸 최대한 막으려 했을 테니까요."

"급수와 배수 시스템은? 이 파리 녀석들은 하수구를 통해 들어올 수도 있잖아."

"저도 정확히는 모릅니다. 한 가지 확실한 건, 파리에게 점령당하지 않은 층이 적어도 하나는 있다는 거죠. 우리에게 코드를 전송한 사람들이 살고 있을 층 말입니다."

갑자기 지진이 일어난 것처럼 벙커가 흔들렸다. 핵폭탄이 떨어진 모양이었다. 지금 지상에서는 지옥이 펼쳐지고 있을 터였다. 나일라는 순간 자신이 저지른 일이 무엇인지 생각하며 몸을 떨었다. 그 둘은 아마 지구에서 생명의 역사가 시작한 이래로 가장 많은 생명을 단번에 죽여버린 사람일 것이다. 나일라는 갑자기 화가 났다. 그 난리를 쳤는데도 여전히 이 지하에서 자신에게 달라붙고 있는 파리들에 절망했다.

"우리가 일을 제대로 하긴 한 건가? 이 끔찍한 날파리들이 이렇게 살아남아 있는데? 지구 전체가 불타도 이 악마 같은 녀석들은 어딘가에서 살아남아 끊임없이 기어 나올 거야. 제길. 이젠 끝이야!"

"진정하세요. 나일라. 핵폭발 자체가 파리들을 전부 쓸어버릴 수는 없습니다. 하지만 대부분은 없앨 거고 남아 있는 녀석들도 적어도. 수년간은 지상으로 올라가지 못할 겁니다. 그사이에 인간이 먼저 올라가서 방사능 환경에 적응해야겠죠. 지금은 그게 유일한 희망입니다."

스튜어트의 말대로 핵폭발이 효과는 있었다. 적어도 지상에서 파리가 몰려 내려오지는 않는 듯했다. 두 사람을 뒤덮은 파리의 수가 눈에 띄게 줄어들었다. 그래도 어디선가 한두 마리씩은 꾸준히 기어 나왔다.

"나일라. 서두르세요. 여기서 이러고 있을 수는 없습니다. 방호복에 연결된 산소가 바닥나고 있어요."

둘은 계속해서 아래로 내려갔다. 내려갈수록 파리의 수는 줄어들었지만 완전히 사라지지는 않았다. 공조기에서 배수구에서 조명기와 천장의 틈새 사이에서 파리들은 끊임없이 기어 나왔다. 서둘러 다음 층으로 내려가려는 스튜어트를 나일라가 붙잡았다.

"스튜어트. 그만."

"왜 그러십니까? 시간이 없습니다."

"여기 9층이야."

"그런데요?"

"그런데요라니! 이제 다음 층이 10층이라고! 유일하게 사람들이 살아 있는 층! 그곳으로 이렇게 파리를 달고 들어갈 순 없어."

스튜어트는 잠시 나일라를 바라보더니 어쩔 수 없다는 듯이 어깨를 으쓱했다.

"알았습니다. 그럼 일단 여기서 파리를 최대한 제거해 봐야겠네요."

나일라가 고개를 끄덕이고는 기다렸다는 듯이 파리를 눌러 죽이기 시작했다. 기어 나오는 통로를 최대한 틀어막고 보이는 족족 파리들을 눌러 터뜨렸다. 방호복의 손과 발이 파리의 피와 눌어붙은 시체로 뒤덮였다. 그래도 파리들은 끊임없이 꿈틀거렸다. 죽었던 파리들이 다시 살아나는 건 아닌가 의심될 정도였다. 산소는 이제 거의 남아 있지 않았다. 스튜어트가 나일라에게 손짓했다.

"나일라. 이리 와보세요. 일단 몸에 붙은 걸 좀 털어내야겠어요."

스튜어트는 나일라의 헬멧과 방호복에 달라붙어 있는 파리들을 털어내고 눌러 죽였다. 나일라도 스튜어트에게 달라붙은 파리들을 털어냈다. 스튜어트는 나일라의 등 쪽으로 돌아 파리들을 털어내기 시작했다. 등에 멘 산소통 사이에 끼어 있는 파리들을 집어내던 스튜어트는 돌연 산소통과 방호복을 연결하는 튜브를 빼버렸다.

"스튜어트? 무슨 짓이야!"

나일라가 깜짝 놀라 뒤로 돌았지만 이미 늦었다. 파리들은 열린 튜브를 타고 미친 듯이 나일라의 방호복 속으로 파고들었다. 나일라의 체취를 감지했는지 층 안에 살아남아 있던 모든 파리가 나일라에게 몰려들었다. 개방된 튜브를 타고 들어간 파리들이 나일라의 방호복 내부로 순식간에 퍼졌다. 헬멧 안쪽까지 가득 들어찬 파리들 때문에 얼굴도 보이지 않았다.

"미안합니다. 당신은 마지막 문을 여는 데 절대 동의하지 않을 테니까요. 이 방법밖에 없었어요."

"이 미친! 죽여버릴 거야! 악! 컥! 컥!"

파리들이 코와 입 속으로 빨려 들어갔는지 나일라는 더 이상 말을 잇지 못했다. 나일라의 팔과 다리가 기괴한 각도로 꺾이기 시작했다. 벌써 신경 계통에 공격이 시작된 모양이었다. 스튜어트는 파리들이 나일라에게 몰려든 틈을 타서 서둘러 10층으로 들어가는 문을 향해 달렸다.

코드를 넣어 레버를 개방한 뒤 몸에서 파리들을 최대한 털어냈다. 그래도 여전히 수십 마리의 파리들이 방호복에 붙어 있었다. 더 시간을 끌 수는 없었다. 산소도 얼마 남지 않은데다가 나일라의 방호복 속으로 파고들었던 파리들이 새로운 먹잇감을 찾아 다시 꾸역꾸역 기어 나오고 있었다.

스튜어트는 레버를 당겼다. 문이 열리자마자 10층으로 뛰어든 스튜어트는 재빨리 문을 다시 폐쇄한 뒤 따라 들어온 파리들을 최대한 잡아 죽였다. 파리 몇 마리가 스튜어트의 손을 피해 벽 틈새로 공조기로 숨어들었다. 스튜어트는 산소통의 잔량을 확인했다. 남은 시간은 채 5분이 되지 않았다. 그 전에 따라 들어온 파리들을 전부 찾아내 죽여버려야 했다.

고개를 들어 10층 안을 둘러본 스튜어트는 그러나 뜻밖의 광경에 경악해야 했다. 파리들의 침입을 막아낸 생존자들이 있으리라는 스튜어트의 기대와는 달리 10층은 파리들의 지옥이었다.

286

파리의 공격을 마지막까지 피해보려 했는지 10층 한쪽 구석으로 몰린 시체들이 산처럼 쌓여 있었다. 못해도 수백은 되어 보였다. 그 시체에 새까맣게 파리가 뒤덮여 있었다. 한 덩어리가 된 파리들이 마치 거대한 한 마리의 파리인 것처럼 꿈틀댔다. 그야말로 지옥의 악마. 파리대왕. 벨제붑의 모습이었다. 스튜어트는 자기도 모르게 외쳤다.

"이게 대체. 그럼 누가 메시지를 보낸 거지!"

"제가 보냈습니다."

스튜어트의 뒤에서 목소리가 들려왔다. 깜짝 놀라 뒤를 돌아보았지만 아무도 없었다. 목소리는 스피커에서 흘러나오고 있었다.

"생존자가… 이곳에 있던 게 아니었나. 대체 어디서 메시지를 보낸 거지?"

"메시지는 제가 보냈습니다. 지구상에 살아남은 생존자의 현 상황은 파악되고 있지 않습니다. 인간과의 통신은 42일 전 동아시아의 KNT-28 벙커와 교신한 것이 마지막입니다. 저는 이 벙커의 관리 시스템인 오메가입니다."

"인공지능이라고? 이 벙커의 생존자는 없는 건가? 숨겨진 지하층은?"

"생존자는 없습니다. 이곳이 이 벙커의 마지막 지하
층입니다."

"그럼 대체 누가? 핵미사일을 발사해 지구를 초토화
시키는 계획을 세운 건 누구지?"

"제가 세웠습니다. 저에게 핵미사일 발사를 포함한
벙커의 모든 권한이 주어졌고 인류의 생존이 목표로
제시되었습니다. 시뮬레이션 결과 주어진 미사일을 모
두 활용하여 지구를 방사화하는 것이 가장 확률이 높
다는 결과가 도출되었습니다."

"몇 퍼센트지? 인류가 살아남을 확률이."

"11.32퍼센트입니다. 이 결과는 다음의 가설을 전제
로 계산되었습니다. 지구상에 존재하는 벙커의 수와…"

"됐어. 그만. 그럼 내가 살아남을 확률은?"

절망에 빠진 스튜어트가 마지막 질문을 던졌다. 무언
가를 계산하는 듯 스피커에 잠시 침묵이 흘렀다. 방호
복의 산소가 바닥났다. 힘겹게 숨을 참던 스튜어트의
인내심도 바닥나려는 순간 목소리가 흘러나왔다.

"12.73퍼센트입니다."

"어떻게! 어떻게 살아남을 수 있지?"

오메가는 다시 침묵했다. 스튜어트는 더 이상 참지
못하고 방호복을 열었다. 산소와 함께 파리들이 빨려

들어왔다. 텁텁한 파리들이 혀와 기도에 달라붙고 코를 틀어막았다. 구역질과 기침이 동시에 올라왔다. 몸이 불에 타는 듯 뜨거워지더니 팔다리가 멋대로 움직이기 시작했다. 온몸의 신경이 끊어지는 고통을 느끼며 스튜어트는 바닥에 쓰러졌다. 버둥거리던 스튜어트의 움직임이 잦아들자 스피커에서 다시 목소리가 흘러나왔다.

"당신이 살아남을 실제 확률은 0퍼센트입니다. 사실을 알려줄 경우 절망한 당신이 시스템을 파괴할 가능성이 있었으며 이로 인해 인류가 살아남을 확률이 11.29퍼센트로 감소하였습니다. 이제 그 가능성은 사라졌고 인류 생존 확률은 다시 11.32퍼센트로 상승하였습니다. 대화 모드를 종료하고 절전 모드로 전환합니다."

찢어질 듯한 스튜어트의 비명을 마지막으로 벙커는 다시 침묵에 잠겼다. 신선한 먹이를 찾은 파리들의 웅웅거리는 날갯소리만이 벙커 안을 가득 채웠다.

〈끝〉

벨제붑   **289**

작가의 말

　귀신보다는 사람을 무서워하는 편입니다. 망망대해를 항해할 때는 상어나 폭풍우보다도 정체불명의 다른 배를 만나는 게 훨씬 두렵다더군요. 무슨 짓을 할지 모르니까요. 사람은 불완전하고 불안정하죠. 기대하게 만들고 배신합니다. 사람에게 사람은 기댈 수 있는 안식처이자 삶의 목표가 되어주기도 하지만, 그만큼 감당하기 힘든 좌절과 절망을 주기도 합니다. 더무서운 건 나 역시 다른 사람에게 그런 존재가 될 수있다는 거죠. 좋은 쪽으로든 나쁜 쪽으로든.

　가끔은 제 속에서 제멋대로 들끓는 감정이 당황스러울 때가 있습니다. 날뛰는 생각을 정제하여 다듬은

쪽이 진심에 가깝다고 믿기는 합니다. 적어도 다른 사람을 직접 대할 때는 그편이 낫겠죠. 그런데 글을 쓸 때는 또 고민이 됩니다. 어디까지 다듬지 않은 채 풀어놓는 게 좋을까요.

호러란 안전한 매체를 통해 그런 날것의 감정을 엿보는 과정이 아닐까 싶습니다. 어떻게 보면 작가가 망가질수록 독자는 즐거워지는 잔인한 장르라는 생각도 듭니다. 물론 독자만 즐거운 건 아닙니다. 호러를 쓰는 동안 등장인물의 목소리 뒤에 숨어 쏟아내고 해소하는 과정이 저 역시 짜릿했으니까요. 반면에 그 와중에도 정신줄을 붙잡고 고삐를 조절하느라 무척 피곤하기도 했습니다. 매체를 통한 간접적인 전달이어도, 불필요하게 독자에게 상처를 주는 일은 피하고 싶다는 게 이유였지만, 실은 여전히 작가로서의 저는 점잖고 싶었던 모양입니다. 충분히 망가지지 못한 거죠. 차라리 다른 필명으로 내는 게 낫겠다는 생각을 하기도 했습니다.

하지만 다듬고 난 결과물을 보니 역시 고삐를 완전히 놓지 않기를 잘했다는 생각이 듭니다. 아무리 날것이어도 보기 좋게 전시는 해야죠. 이야기는 이야기여야 하니까요. 얼마나 놓고 또 얼마나 잡아야 할지는 여전히 숙제겠지만요.

6년 전부터 썼던 글 중 호러에 속하는 이야기를 모았습니다. 부끄러워하며 많은 부분을 다시 쓰기도 하고 어떤 부분은 그냥 꾹 참고 그대로 두었습니다. 제가 드러낸 감정들이 호러 본연의 역할을 충분히 해주기를 바랍니다.

남세오

일란성

초판 1쇄 발행 2023년 11월 10일

지은이 남세오
펴낸이 나성채
디자인 김선예, 이수정
마케팅 박동준

발행처 오러 orror
등록 2023년 4월 26일 (제2023-000003호)
주소 32134 충청남도 태안군
　　　　태안읍 원이로 302, 204동 205호
전화 02.324.3945-6 **팩스** 02.324.3947
이메일 orrorpub@gmail.com

ISBN 979.11.983254.3.3 04810
　　　　979.11.983254.0.2 04810 (세트)